海馬亭通信

村山早紀

ポプラ文庫ピュアフル

海馬亭通信

目次

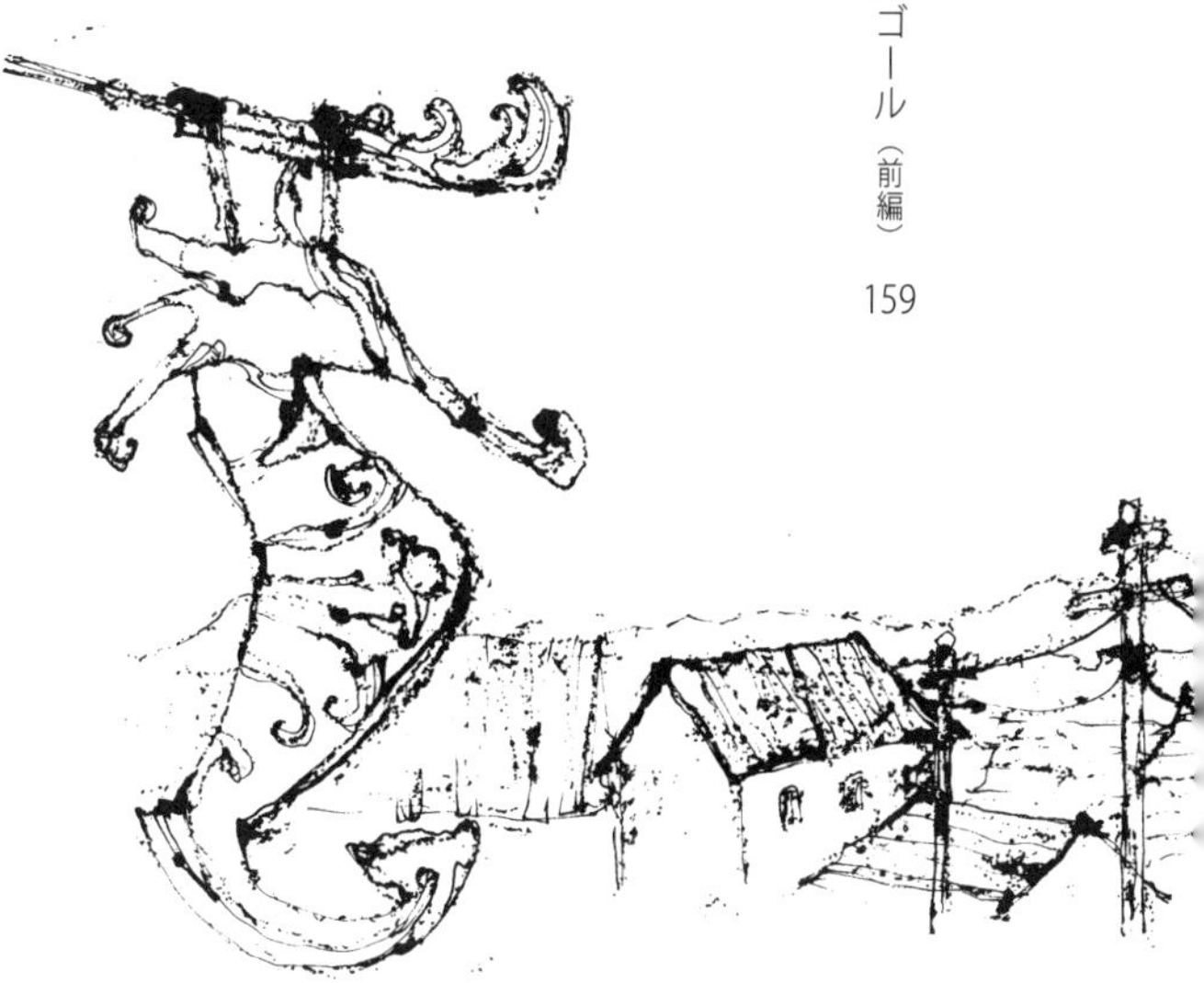

この四通の手紙は、
いまから少し昔に、風早の街で暮らした、
ちょっとだけ不思議で、
ちょっとだけわけありな、
ひとりの女の子が書いたものです。

最初の手紙

ごめんねのくまさん

姉さん、だまって出てきて、ごめんなさい。きっと心配してるでしょうね。けど、姉さん。由布《ゆう》はもう十五です。人間だったら、中学生。ひとりで遠出をしたり旅に出たりしても、そろそろ心配のなくなる年じゃないでしょうか？　そりゃやまんば――山の神の娘としては、まだまだ若すぎる年かも知れないけれど。

でも、街へ降りるなら、今しかないと思ったんです。母さんが七年に一度の山の神のよりあいで富士山に行っている間。その間の、十月から二月までの四カ月間。母さんがうちの山に――妙音岳《みょうおんだけ》にいる時に、ないしょで山を降りるなんて絶対に不可能だし、かといって、「街に行きたいんだ！」って、まともにいったって、許してくれるはずもないし。

その点、姉さんなら、だまってわかってくれるって信じています。――わたしと姉さんと、たぶん、考えてることは同じだから。

姉さんはいい子だから、母さんを傷つけまいとして、母さんの前では、絶対に父さんの話をしませんでしたね。

でもわたしは小さいころから、何度も母さんを泣かせてきました。父さんの話をきいてせがんで。なぜいないの、って問いつめて。

父さん。今から十年前、「ちょっと行ってくる」って、街へ降りて、それきり帰ってこなかったっていう、父さん。わたしたちとは違って、人間だった父さん。

母さんはいうね。父さんはわたしたちを捨てていったんだって。こんな山の中の暮らしが嫌になって、人間の街へ帰ったんだって。

でも、本当にそうかな？　そうなのかな？　わたしはずうっと、そう思っていました。

あのね。姉さん。わたし、父さんの描《か》いた絵を持ってるんです。スケッチブックを一冊。

「うそだ。そんなの、あるわけない」って？

そうだね。昔――父さんが帰ってこないまま、冬がおわり、春になった日に……桜が散りはじめた朝に、母さんは父さんの絵をみんな破いてしまいましたね。わたしはまだ小さかったけれど、あの日のことは覚えてる。

でもね、絵は残ってたの。去年の冬に見つけました。

うちの裏の納屋の横。たきぎの山の下にうずもれて、スケッチブックがあったの。たぶん母さんは、これを燃してしまおうと持ってきて、それができずに迷い続けて、置いたきりになってしまっていたんだと思う。

淡い色の絵の具で描かれたスケッチは、どれも薄汚れていて、ひどいありさまだったたんだけど、でも、それがみんなきれいな、優しい絵だってことはわかりました。

わたしたちの家、ね。父さんが作ったおもちゃみたいな水車小屋。ひとつひとつ手で積んで作った低い石垣。そのそばのもみのき。そんなのが、スケッチブックにありました。

水車の自家発電の、あたたかい灯《あか》りにてらされた、家の中。母さんのはたと糸車があって……父さんの作った丸いテーブルがあって。灰色の石の暖炉《だんろ》。そのそばには木馬――わたしと姉さんの名前のイニシャルが刻んであるの。十字の形の窓枠《まどわく》の窓。向こうには、一面の夜の森。金色の星がぽつぽつと見える。

山の明け方の空。見ていると、朝の空気と風を、腕のあたりに感じるような。

夕焼けの空の下で、歌を歌う母さんの姿。白い着物を着たお姫さまみたいな。花たち。小鳥。――あ、姉さんも、ちゃんといましたよ。まだ子どものころの、おかっぱ頭の姉さんがお花畑に座ってるの。夏の白い花や黄色い花に囲まれて。すっごくかわいいんだよ。

それと。父さんの自画像。部屋の中で、午後の日ざしにてらされて、にこっと笑って、左手に持った筆で絵を描いているの。髪は長めで、少し大学生みたい。でもさすがに登山部にいたってひとね、肩ががっしりしてて力が強そうなの。きっとわたしたち、あの肩にぶらさがったことがあるんだと思うな。

(姉さん。父さんのことを覚えていますか？　わたしは、てのひらのあたたかさしか覚えていないの。冬の寒い日に、大きな両手で、ほっぺたをこすってくれた、そのあたたかさだけ覚えていて……。顔を覚えていないことが、ずっと悲しかったの。でもさ。絵で見るぶんには、想像してたよりハンサムでうれしかったな。やっぱり、だって、どうせなら。ね？）

わたしの絵も、あったよ。赤毛の小さな女の子が、笑ってるの。さんざ遊んできたあとなのか、泥だらけなんだけど、でもそれがかわいいんだ。てれちゃうくらいにね。

けどそれは、描きかけの絵だった。色がまだ淡く塗《ぬ》ってあるだけで。そしてそれが最後の絵で、その絵のあとには、ずうっと白い紙が続いていたんです。

スケッチブックを見つけた時から、自分のベッドの下に隠して宝物にした日から、わたしは父さんを捜《さが》しに行くことを考えていました。生まれてから一度も降りたことのない人間の街——足元の風早《かざはや》の街に行くことを。

姉さん。父さんは本当に、わたしたちを捨てたんでしょうか？　その昔、母さんと出会い、愛しあって山で暮らすことを選び——やがて生まれたわたしたちを、大きな手でつつみこみ、守ってくれたひとが——あんな絵を描くひとが、そんなことをするでしょうか。

母さんはいいますよね。父さんは下の街にいる。わたしにはそれがわかる。なのに、何度心の声で呼んでも、叫んでも、あのひとは帰ってきてくれなかった。つまりそれは、もうここに帰る気がないからなのよ、って。

本当にそうかな？　何か理由があって、それで帰れずにいるんじゃないのかな？　帰りたいのに、帰れずにいるんじゃないの？

わたしは迎えに行こうと思ったの。迎えに行って、父さんを連れもどそうって。


山を降りることが怖くなかったかって？

そりゃ、怖かったよ。でもね、〝生きて動いている人間〟ってのに、由布は、前から憧《あこが》れていたんです。父さんの本棚《ほんだな》の本の中の人間じゃなく、ステレオのラジオから聞こえる雑音混じりの、声だけの人間でもなく（こっそり見に行く、山小屋の窓越《ご》しのテレビの中の人間でもなく！）、ちゃんとこっちを向いてしゃべってくれる人間――話しかけてきてくれる人間に、憧れてたの。

わたしはよく、登山者のひとたちのあとをついて歩きました。話してるのを聞きました。森の陰《かげ》、草の葉の陰に隠れて。

みんな、楽しそうだった。空がきれいだとか、川の水が冷たかったとか、そんなことでいちいち笑ったり喜んだりするの。川のせせらぎみたいな、不思議な、明るい声で。

人間の声ってさ、花や小鳥がしゃべる声より、熱くてはずんでて、聞いてて元気が出る気がする。あれって、何なんだろうね？

（今風のいいまわしを覚えて帰ると、『そんなはすっぱなものいいはおやめなさい』なんて、姉さんによく怒られたけどね）

わたしにはわからない冗談を聞くのも、うわさ話聞くのも、好きだった。うんうんってうなずきながら聞くんだ。うけない冗談で、だあれも笑わなくっても、わたしだけは木や草の陰で、こっそり笑ってあげてたんだよ。

でもみんなそのうちに、山小屋にたどりついて、扉を開けて中に入ってしまう。

わたしは何度も、扉をノックして、山小屋を訪ねる夢を見ました。誰《だれ》の目にもわたしは見えなくて、「風かしら？」っていわれる、そんな夢も見たっけ。


怖かったのは、そう。街でも、人間でもない。母さんを傷つけることでした。

わたしたち、小さいころから母さんに、人間と会っちゃいけないっていわれてきましたね。姿を見せちゃいけませんって。なんでそういわれるのかわからないまま、いわれるままに、わたしはそうしてきました。

だけど、七つの時。わたしはどうしても、人間と話がしたくなりました。

夏でした。わたしは山を降りてゆく若い人たちのあとをついてゆきました。やまゆりの間からひょいっと姿を現すと、そのひとたちは最初驚いたけれど、「どこの子？」「着物かわいいね」とか話しかけてくれて、かっぱえびせんをひとふくろくれました。憧れのかっぱえびせん！　写真でしか見たことがなかったもの。うれしかった。

わたしはじゅずだまをあげて、自分のことを話しました。友達はくまやきつねだとか、お母さんは山の神様だとか。でもみんな本気にしなかったみたい。そのうち、「またね」と別れました。わたしはえびせんをふくろから食べながら、うちに帰ってきました。

そしたら、家の前に、母さんがいて。ひとめ見て、何もかもわかったんでしょうね。真っ青になって、それから突然、わあっと泣いちゃった。子どもみたいに。

わたしは、かっぱえびせんを捨てました。「もう人間には会わないから」っていいました。母さんはでも、泣きやみませんでした。わたしは地面の上のえびせんに、ありが集まってくるのをじっと、見ていました。

母さん。白い梅の花みたいに、はかなくてきれいなわたしたちの母さん。神というより妖精《ようせい》のような、わたしたちの母さん。昔に時をとどめたままいつまでも年をとらず、少女のような笑顔でそっと笑う母さん。

遠くの山でくらしているおばあさまが、胸なんかばあんて大きい、くまやいのししをしたがえて、豪快に笑うやまんばなのにくらべて、母さんはずいぶんとほっそりと頼りなくて。でもわたしは、母さんが好きでした。わたしを呼ぶ優しい声と、はたを織りながら歌う歌。傷ついた小鳥をそっとつつんでいやしてあげる、てのひらが。

わたしはあれきり、人間と話すことはありませんでした。

人間に会わないように、姿を見せないようにって、母さんの言葉。それは、ひとに似てひとではないわたしたちが、ひとの目にふれた時起こる、混乱や迫害を恐れてのことだったろうと今では思うわけですが、その理由がほかにもあったような気がします。

つまりわたしたちが人間に親しんで、父さんのように街へ帰ってしまわないようにと。

うちには父さんの本とレコードがたくさんありましたね。天井《てんじょう》までである作りつけの棚にいっぱいに並んでおさまっていた。難しい民俗学の本や、きれいな絵本や童話の本や……ほんとにいろんなジャンルの本。いろんなジャンルの音楽。大昔の、ぼろぼろになったジャケットのレコードもあって。

すごくすごくたくさんの、本とレコード。わたしたちがそういうものに――人間の世界にふれるのを、母さんはとても嫌っていましたね。

でも、母さんは、本もレコードも捨てられなかった。

だってみんな、父さんが、何回も何回もにわけて、リュックにつめて、自分で上まで運んできたものだったんだもん。父さんの背中の汗の匂いがしみこんでいるような、本とレコード。捨てられなかったんだよ、絶対に。

絵を描くのが好きで、本と音楽が好きで、名前は早瀬《はやせ》圭一《けいいち》。ひとの街にいたときは本屋さんにつとめていた。学生時代に両親を亡くしたから、家族はわたしたちだけで、国語の先生の免許を持っていて、背が高くて優しい。趣味は登山。自画像によると、なかなかハンサムで左ききらしい――わたしが知っている父さんは、たったそれだけです。

けれどわたしは、自分の力で、父さんを見つけだせると信じていました。だって、山の上にいてさえ、あのひとがいる街がわかるくらいだもの。心を澄《す》ませば、山の神の力なのか親子のきずななのか、あのひとはたしかにあそこにいるって感じるもの。——ところが、ここにひとつの誤算があったのでした。

今日朝早く、わたしは風に乗って、山を降りました。メアリー・ポピンズみたいにすてきに——といいたいところですけど、ワンピースのすそが風でめくれるのが気になって、必死に押さえていたので、もし誰か見ていたひとがいたとして、かっこ悪いことこの上なかったと思います（ワンピースは、母さんの服を借りました。ほら、昔、父さんが母さんにプレゼントしたって服とか靴とかが、柳ごうりの中に、いろいろあったでしょう？）。

ブルーグレイの空の高みから、わたしはふわりと街の方へ降りてゆきました。

銀色の太陽にてらされた高いビルや、洋館や、教会の屋根の上を、わたしは跳《は》ね、電線の上を渡りました。青い海に面した街は、きらきらとかすかなきらめきをまとい、不思議な初めての匂い——潮の匂いの風につつまれて、広がっていました。

遠い海をゆく船の汽笛《きてき》の音を聞きながら、わたしはそうして、ひとのまだいない、小さな公園に降りたちました。くすのきがざわざわ葉を鳴らして、小鳥たちが朝の歌を歌うほかは静かです。時折風が吹きすぎてゆくだけ。

わたしは深呼吸をしました。そして、いつもするように、心を澄ませてみました。父さんを捜して、心の腕を伸ばしていって——とたんに、頭の中が岩でもぶつけたように、ぐわあんとなりました。

なぜか。つまり〝目標〟があんまり近すぎたんです。あんまり近すぎて、感覚がぶれてしまうらしいんです。わたしたちの能力は山の神のもの——つまり〝神わざ〟で、街でひとを捜す、なんてスケールの小さいことにはむいていないということなのでしょう。

さすがにそれに気づいた時にはガクゼンとしたんですけど、じきに、たちなおりました。レーダーで確認できなくても、目で見りゃわかるかも知れないじゃん、ということです。とりあえず、親子の血、というものをあてにしてみようと思いました。出会ってみればわかるでしょう。きっと。

でもそうなると、いくらこの風早の街がいわゆる大都会ではないらしいとしても、長期戦になるのは目に見えています。

ほんとは、わたしは、一週間ぐらいで父さんを捜しあてるつもりでした。ほんとのほんとは、降りてすぐに劇的な対面があるかも知れないと思っていたの。だから、街に腰をすえて捜さなきゃならないんだって気づいた時は、一応そういう覚悟できたはずだったのに、正直いってめげました。見つけるまで帰らない、そう心に決めていたしね。

公園の、くすのきの陰のベンチで、ぼんやり頬杖《ほおづえ》をついていたら、いつのまにそういう時間になったのか、会社や学校に行くひとたちが、右に左にゆきかいはじめました。急いだりうつむいたり、友達同士はしゃいでたり。わたしは、はとやからすやすずめたちと一緒に、それをぼーっとながめていました。

テレビを見ているみたいだなと思いました。わたしがここでこうやって見てるのに、誰も気にしないで通りすぎてゆく。

ため息をつきました。――その時でした。

小学生の――高学年くらいの女の子が、走ってきました。ジーンズの上下を着た、はしっこそうな子でした。その子はなんと、ごつい大男に追いかけられていたんです。と、見るまに砂場のあたりで、ぽかりとうしろから（乱暴にも！）なぐり倒されました。

「――何すんだよ！」

砂まみれのその子が叫ぶのと、わたしが立ち上がったのが同時でした。

とっさにわって入って男のひとをつき飛ばしました。いやそんなに思いきりついたわけじゃなくて、軽くだったんだけど――あらあら男のひとは公園のずっとはしまで、すっとんでゆくじゃないですか。ベンチを巻きぞえにひっくり返っちゃって。あ、気絶した。

ああ！　わたしは手で顔をおおいました。人間相手って、くまとすもう取る時みたいなわけにはいかないいんでした。

白目をむいてるそのひとは、何だか派手な青と白のストライプのワイシャツにネクタイをしていました。

「早く、行くよ――――！」

女の子が腕をひっぱって駆《か》けだしました。何だかよくわからないまま、わたしがつられて駆けだすと、

「待て！　万引きやろう！　ガム返せ！」

白目を黒目に反転させた男のひとが、叫ぶのが聞こえました。


「おかげで助かったよ。あの店員、しつこくってさあ」

商店街の裏側の路地に入りこんで、やっと女の子は立ちどまりました。ふり返ったその息は、甘い匂いがしました。猫のような黒い目がきらりと光りました。

「あんた、何か格闘技《かくとうぎ》でもしてんの？　強いね。とにかくありがとね。じゃあね！」

手をふって行きかけたその子を、ちょっと待ったと呼びとめました。

「万引きって……つまりたしか、どろぼうで、悪いことなんじゃないの？」

女の子は最初きょとんとして、それから、けらけら笑いました。「そうだよ、悪いことだよ。悪いってわかってるからするんじゃない？」といいました。わたしを、きっと見つめ、肩をそびやかし、

「あたしはね、ワルなの。だから万引きくらい、平気でするの。……今にもっともっとすごいワルになる女なんだから！」

黒い瞳《ひとみ》がきらきらと輝いていました。まっすぐな、まなざしでした。

「あのさ——あのね」

わたしはもう一度、聞きました。

「何でそんなことというの？　〝ワル〟っていったら、悪人でしょう？　悪人になるって、楽しいこと？」

まさか、それが今時の女の子の流行《はや》りなんていわないよなあ。

女の子は唇をきゅっとむすぶと、身をひるがえし、まぶしい光のあふれる大通りの方へ、駆けだしてゆきました。

その時です。〝変なもの〟をわたしが見たのは。ぬいぐるみの、小さなくまが一匹、女の子が駆けさった方から、とことこと歩いてくると、ボタンの目とばってんの口を悲しそうにして、わたしに頭を下げたのです。すみません、ごめんなさいというように。そしてくまは、女の子のあとを追いかけるように、よちよちした足どりで、走って行きました。

わたしはしばらくぼーっとして、その場に立っていました。父さんの持ってた本にも、しょっちゅう見に行ってた山小屋のテレビにもあんなもん出てこなかったけど……実はわたしが知らなかっただけで、人間の世の中には、〝歩くぬいぐるみ〟というものが存在していたんだろうか……？

ふと、ため息をつきました。初めての人間の街での、初めての会話——今のが、それだったのね……。

わたしはそのままぼんやりと、夕方まで、街をうろついて過ごしました。

山の上から見ると小さかった街も、下に降りて歩いてみれば、はてしない迷路のような世界に見えました。人間はたくさんたくさん歩いていて、大きなトランクを下げたわたしは、いろんなひとやものにぶつかって、痛い思いをしたりさせたりしました。

街のはずれに、朝行ったのとは違う、広い公園がありました。石畳《いしだたみ》が敷《し》いてあって、噴水や時計台がある、古い公園でした。

鉄のベンチに、わたしは座りこみました。はきなれない靴のせいで、足はまめだらけでした。何だかすごく疲れて、ちらっとだけど家へ帰ろうかと思いました。

たそがれた空を見あげた時、

「――しけた顔してんじゃん？」

甘い匂いがふわっとして、うしろからあの子が顔を出しました。

またこの子かあ、と思ってると、女の子が一言。

「あんた、家出娘？」

うーん。そういわれれば、そうなのかも知れないけれど。

「行くとこないんだろう？　ついてきな」

親指で、うしろの街の方を指さしました。

その子について行ったのは、
一、本当に行くところがなかった。
二、面白そうだと思った。
三、疲れてたのでとにかく休みたかった。
の、三つの理由にプラスして、
四、その子が悪い子には見えなかった。
という、その、第四の理由が大きかったような気がします。ま、カンってやつですね。

〝ワル〟志望だし、何だかわからない歩くくまとは知り合いらしいけど。

実際、その子は、ポケットに手をつっこんで歩きながらも、眠ろうとする街路樹のすずめたちや、走ってゆく小さな子に、はっとするような優しい視線を投げるのでした。

ま、とにかく。ついた先は悪の巣窟《そうくつ》、なんてこともないだろうと、わたしは早足で歩くその子のあとをついて行ったのですが……。

その建物は、街の中心部から、少しばかりはずれたところにありました。大きな通りから細い坂道をくるくると折れながら曲がってゆくと、いつのまに海へ近づいたのか、潮の香りの風の匂いがして――その匂いのたちこめるところに、『海馬亭《かいばてい》』はありました。

百年も過ぎたような古い石畳の道と、柳《やなぎ》の並木道。『ナルニア』のあの街灯みたいに、そこだけひとつぽつんとたっている街灯に守られるようにして、灰色のレンガ造りの建物はたっていました。空き地や、駐車場、お店の裏口なんかが、雑多に続いている中に、そこだけ時が違うみたいに、ひっそりとたっていたんです。

竜《たつ》の落とし子の形のさびた金《きん》の看板《かんばん》が、壁にとりつけられていて、しゃれたデザインの文字で、『海馬亭』と書いてありました。

「もと、ホテルだったんだってさ。今はただのボロアパートだけどさ」

女の子がいって、こっちだよと、わたしの手をひきました。

扉は回転扉でした。色あせた金色の文字でガラスにホテルの名前が刻んであります。そっと押して中に入ろうとすると、向こうから誰かが逆に押してこようとしました。めがねをかけた、背の高い、若い女のひとでした。わたしのうしろの女の子に気づくと、

「あ、千鶴《ちづる》ちゃん」と、叫んで、こっちに出てきました。

ほっとしたように、笑って、

「お銀《ぎん》さん心配してたよ。迷子になったんじゃないかって。千鶴ちゃん、この街のこと、まだよく知らないじゃない？　だから……」

その時、千鶴、と呼ばれた女の子が叫びました。外国語のようでした。

「あたしはガキじゃないっていったのよ」

低い声で千鶴ちゃんはいいました。そして無理にドアを押すと、わたしと一緒に、ホールへ入りました。

ホールは、写真集で見たどこかの教会の聖堂のように、丸い広々とした空間でした。吹き抜けの天井の上の方――灯りとりの窓から、夕方の光が差しこみ、部屋をあたたかな色に染めています。ホテルだったころの名残《なごり》なのか、奥には深い色の木の、たしかカウンターっていうものがあって、その向こうの壁には、たぶんこの街の絵の小さな風景画が飾ってあって。部屋の隅《すみ》では背の高い時計が、金色の振り子を動かしながらゆっくりと時を刻んでいました。なぜだろう、たちこめる静かな空気はとてもあたたかく懐《なつ》かしく、まるでお帰りなさいって、誰かから呼びかけられているようでした。

千鶴ちゃんは、ドアを押して入ってきた女のひとの方をふり返りました。

「ねえ、あのひとは、どこ？」

「お銀さんのことを、そんなふうに呼んだらいけないんじゃないの？」

おっとりと、そのひとがいいました。めがねの奥のかしこそうな瞳で、やさしく千鶴ちゃんをみつめながら。

また外国語まじりで毒づいた千鶴ちゃんに、そのひとは、肩をすくめて「お店じゃないの？」といいました。そして、トランクを見てうなずくと、わたしに笑いかけ、

「ひょっとして、あなたもここに下宿するのかな？」

と、聞きました。手をさしだして、

「よろしく。わたし、加藤玲子《かとうれいこ》。そこの大学の三年。部屋は四〇二よ」

「あ――早瀬由布です」

さしだされた手の意味が、一瞬わからなかったの。初めてした人間との握手《あくしゅ》は、ふわっとやわらかくて。いつまでもこうしていたい――そんな気がしました。

その時、千鶴ちゃんが「早く。行くよ」と、叫びました。

ちょっとむっとした時……またあのくまです。くまが廊下の隅の方で、こっちをじいっとうかがって、そうしてぺこりぺこりと、頭を下げました。玲子さんの方とわたしの方と、両方に。くまはよく見ると、茶色い毛皮が古ぼけてすりきれていました。

「ねえ、あのくま――」

わたしがうしろから声をかけると、千鶴ちゃんがけげんそうな表情でふり返りました。

「くま？　何が、くま――？」

わたしが見ている方を見て、見まわして、「行くよ」と、さっさと歩き出しました。玲子さんの方も、くまのわりと近くにいるのに知らん顔してこっちにほほえみかけています。

（見えてないいんだ。ふたりには）

じゃ、あれは本物のぬいぐるみじゃない？　そりゃそうだよねえ、と納得しましたけど。

（もののけかあ……）

かわいいじゃないの。そっか。街にはぬいぐるみのお化けなんか、いるんだ――！

歩きはじめて、ふと、ふり返った時には、くまはもうそこにいませんでした。

ホールから奥へと続く細い木の廊下はみがかれていて光っていて、せっかちな千鶴ちゃんの足音をやわらかく響かせました。

「あいつはね、加藤玲子。ゲームデザイナーになりたいんだってさ」

ふり返らないまま、千鶴ちゃんがいいました。

「げえむでざいなあ？」

「『ドラクエ』とか『ファイナルファンタジー』とか、ああいうゲームを考えて作るひとのことだよ」

うなずいてみせたけど、でもほんとは、何のことだかよくわかっていなかったの。

「あいつ、親切だから、わからないことあったら、聞くといいよ」

「あの――でも、下宿って……」

「あんた行くとこ、ないんだろう？　ならここに下宿しなよ」

そりゃそうできたらいいとは思うけどね。

正直いって、住むところを上手にさがす自信はありませんでした。元気だった朝だったら、もっと気楽に考えられたんだけど、夕方になって、わたしはもう少し冷静でした。

考えてみれば――わたしは、お店で買い物をしたことすらない。乗り物に乗ったこともない。うちにあった古い物語の世界や、きいていたラジオ、たまにみたテレビでしか世界のことを知りません。そんなわたしがこの街で、住むところを見つけ仕事を見つけて、独《ひと》り暮らしをしながら、父さんを捜しだせるものでしょうか？　ため息をつくと、トランクが重くなりました。

千鶴ちゃんが、つきあたりの大きなドアを開けました。ガラスのドアでした。

そこには、光があふれていました。そこは大きな窓を持つ、お花屋さんだったのです。夕方の光と、それをうけとめる一面の花たちの輝きで、部屋の中はまぶしいくらいでした。花たちの甘い匂いにとりまかれて、高いかわいい声にいっせいに呼びかけられて、わたしは一瞬息を止めました。

『いらっしゃあい！』『だあれ？』『ねえだあれ？』『知らないひとだよ』『本当』『でも少し変わったひと！』

さえずる声は、山の花たちよりも、おしゃべりなようで。

『疲れてるの？』『大丈夫？　元気だして！』

でも優しさは、山の花と一緒だね。

窓の向こうには、さっき見たのよりいくぶん広い通りと、街の景色が見えました。

窓のそばで、ほっそりとしたシルエットのおばあさんが、花の手入れをしていました。

着物の上に白いエプロンをかけて、背中をすうっと伸ばした、どこか粋《いき》な感じのおばあさんでした。

お帰り、とおばあさんがふり返り、少し疲れた顔でほほえむといいました。

「千鶴。あんた今日も、学校に行かなかったんだって……？」

先生から電話があって、といいかけて、わたしに気づいたのか、やめました。

「あんた」と千鶴ちゃんが、ぶっきらぼうに、おばあさんにいいました。

「このひと、下宿させてやってよ。いいよね？　行くとこないんだってさ」

そのひとは、ぱちんとまばたきをして、わたしを見つめました。にっこり笑うと、目じりのあたりにかわいいしわができました。

「いいよ。いいけど、でもどういう方なんだい？」

千鶴ちゃんは、にいっと笑いました。

「万引きしてはりたおされてたあたしを、助けてくれたひとさ」

おばあさんの顔がさあっと青ざめました。

「よろしくね」

千鶴ちゃんはそのまま、ガラスの扉を開けて、外へ出ていってしまいました。わたしひとりとりのこされて、トランクを提げて、そこにつっ立っていたのです。

おばあさんはため息をつきました。そしてわたしをふり返ると、

「孫がお世話になったそうで――」

深々と頭を下げました。

「――孫？」

さみしそうに、おばあさんは笑いました。ガラスの外を、そっと見送りました。

「わたし――あの……」

わたしはその横顔にいいました。

「それじゃ、失礼します――」

ガラスのドアを押して、行こうとすると、そのひとが呼びとめました。

「待ってくださいよ。あなたに行かれちゃ、あたしが困っちまいます」

「でも――」

おばあさんはやわらかく笑いました。

「あなた、ひどく疲れてらっしゃるようじゃないですか？　あの子じゃなくても、うちへおいでっていいたくなる。行くところがないっていう理由を聞かせてくださいよ。理由によっては、本当にここで暮らしていただくことになるかも知れない。あたしはこのアパートの管理人でしてね。オーナーから一切をまかされてるんですよ」

「はあ……」

「あなたは悪いひとじゃない。それはひとめ見てわかります。それにまあ、かわいい孫の恩人だって話だもの。とりあえずせめて夕食でもごちそうしなきゃ、風早のお銀の名がすたるってものですよ」

胸をぽんとたたいて、そのひと——お銀さんは笑いました。


夕食と聞いて、胸がときめいちゃったわたしを、姉さん、なげかないでくださいね。だって、気がついたらわたし、お昼も食べてなかったんですもの。

晩ごはんは『海馬亭』にある同じ名前のレストランでいただきました。建物の裏側、いえ、今ではかえってそっちが表通りに面しているといえる側の一階——お花屋さんの〝シードラゴン〟のお隣と、その地下がレストランだったのです。レストランといっても、遅くなるとお酒もメニューに加わるし、奥には舞台が作ってあって、生ピアノにあわせて美人が歌ってくれるという——かなりおとな向けのおしゃれなお店だったのでした。

昔風の（というより、きっと昔のままの）照明は暗めで、チャイナ服の歌い手さんの歌声は渋《しぶ》く、けだるげで。わたしは〝イギリスのパブ風〟だって、メニューに書いてあったひき肉のパイなどかじりながら、本で読んだ世紀末の上海《シャンハイ》、なんて思いだしていました。

ピアノの音が、きれいでした。弾いているのは、よく見えなかったけれど、男のひとのようでした。背の高い大きな体をかがめるようにして、そっとそっと語りかけるような響きでピアノを弾いています。レコードじゃない本物のグランドピアノの音って、わたしは初めて聞きました。胸に響く音なんだね。

　さっき飲んだ熱いスープのせいか、頭がぽやんとあたたかく、今ここに自分がいるというのが、まるで夢みたいでした。ゆっくり息をして顔を上げれば、あっというまに風の吹く山の草原に戻ってしまいそうで――でも、何度くり返してもそんなことはないのでした。目をつぶれば、ほら、いつだって浮かびます。見えてきます。丸い月がのぼる、一面の銀色のすすきの野原。深い森につつまれた、さざなみの湖。ちかちか光る高原の星空。闇《やみ》を溶かしこんで流したような、どうどうと響く滝の水の流れ。

　夜のその時間に、由布がいつもそこにいた、山のいろんな場所の風景。風にまぎれ、寝いった鳥たちを驚かせながら、思いきり駆けて空を飛んだ、夜の山の空気。そこに今も自分がいるような気がするのに、でも――今、由布はおとぎ話のように、生まれて初めての人間の街にいるのです。

「夢みたい」と、つぶやくと、

「何がですか？」

　衣《きぬ》ずれの音がして、丸いテーブルのすぐ隣に、お銀さんが座りました。

「あ、いえ。わたし――こんなごちそういただくの、初めてなものですから……。すみません。ごちそうになってます」

　お銀さんは、お酒を頼むと、テーブルによりかかるようにして笑いました。

「どんどんお食べになってくださいね。こんな古くさい店で悪いんだけど」

「とんでもない！　わたしレストランは初めてですけど、こんなすてきなお店はないって思います！」

「……レストランが、初めて？」

わたしは思わず、手をふりました。

「いやそのつまり、初めてレストランで食事をしたように思えるほど、ここのお料理はおいしいってことです！」

くっくっと、お銀さんは笑いました。

「かわいいこと、おいいになるのね」

その時、歌い手さんが、どこかで聞いたようなメロディを歌いはじめました。

『ロンドンデリーの歌』でした。「わが子よ～いとしの汝《なれ》～を、父君の形見《かたみ》とし」って、あれですね。一生懸命育てたのに、巣立ったあんたは一体どこにいってしまったの？　って歌。

切ない気分になってきました。やだなあ。この歌ちょっと苦手なの。ため息でちゃう。

そう思って、何気なく隣をふり返ると、お銀さんも、嘆息《たんそく》してるじゃないですか？

「どうしてこう、世の中、切ないことが多いのかねえ？」

誰にいうでもなく、つぶやいて。

わたしは何となく、その言葉が聞こえなかったふりをして、パイをかじりました。

おなかがくちくなったところで、二階のお銀さんのお部屋に通されました。お銀さんはだいぶできあがっていて、廊下を歩く時、つい手を貸そうとすると、笑って手をふりました。

ステンドグラスが幾何学模様《きかがくもよう》にはまった飾りのある木の扉を開けると、奥の方から何か派手な音楽とピッピッという音が聞こえました。

「おや、またゲームで遊んでるのかい？」

上機嫌《じょうきげん》で笑いながら、お銀さんが、横びらきの扉を開けると、畳にぺたんと座った、千鶴ちゃんの背中が見えました。大きなテレビがついていて、画面には何やらお城のような絵が映っています。

「ゲームしてたら、悪い？」

「そんなことはいってないよ。それは何？　マリオ何とかっての？」

「これは『ゼルダ』」

いらいらしたように千鶴ちゃんはいうと、テレビをぱちんと消しました。

（あ、今のがひょっとして、いわゆるファミコンとかいうものかしら？）

感慨にふけっているわたしをよそに、千鶴ちゃんは、ぷいっと立ち上がると、

「屋上に行ってくる」

さっさと部屋を出ていきました。お銀さんは軽くため息をついて、ふり返りました。

「まあ、こちらへどうぞ。お茶でも飲みましょうよ」

奥の部屋へ通されました。

観葉植物や人形がたくさんかざってあります。その中にある猫足《ねこあし》のテーブルは、建物と似あって古めかしく、熱いお茶をいただいていると、掛時計が、ぼおんぼおんと時を告げました。少し遅れて、『海馬亭』の建物のどこかで——たぶん一階の、ホールの時計が、鐘《かね》を鳴らすのが聞こえました。

「さてと。一応聞くべきことを聞いとかなきゃなりませんねえ……」

お銀さんがいいました。

「早瀬さんと、おっしゃいましたか。どうしてこの街にいらっしゃったんですか?」

「……父を捜しに、です」

素直に答えていました。

「お父さまを?」

「はい。わたしが小さいころに、父がいなくなりまして。それで捜しにきました」

「この街にいらっしゃるんですか?」

「はい、きっと……あ、いえ、そんなふうにひとから聞きまして」

正体の話はとりあえずパスです。わたしは何がなんでも自分の素姓《すじょう》を隠そうとは思っていませんけど、こういう場合、その手の話をすると、いっぺんに信用を失うということだけは、一応ちゃんとわかっていました。

「――ひとから聞いた話だけで、この街へきたっていうんですか？」

お銀さんはひどく心を動かされたようでした。お酒のせいもあったのかも知れません。

「あなた、お年はおいくつ？　高校生、くらいかしら？　いいわねえ、このごろのひとたちは、背が高くて。……学校は？」

「行ってません」

深く考えずに、わたしは答えました。が……今思うとそれが誤解のもとだったのですね。

「学校に行っていない？　じゃあ、中学校を出てから、働いて？」

「……いえ。あの、中学校も行ってません」

だって、山の動物も、だあれも学校なんか行きませんもんね。

「中学校も、行けなかったなんて！　かわいそうに、それでも、父親を恨《うら》みに思わず、捜しだそうっていうんですか？」

お銀さん、顔を赤くして叫びます。

「いやあの……何かきっと、事情があったんだろうと思いますし」

何だか……話がくいちがってる。でも、わかってもらいたくても、一番の秘密を話すわけにもいかず――ますます事態は混迷の度合いを深めていくのでした。

ちぐはぐな会話が続くうちに、いつかわたしは、〝どこか遠くの貧しい山奥の村から、母や姉の反対をおしきって、自分たちを捨てた放蕩者《ほうとうもの》の父親を捜しにきた孝行娘〟ということになってしまい……。ああ！　お銀さんは、胸をたたいてこういったのでした。

「まかしておきなさい！　一番いい部屋をあなたに世話しましょう。そして、仕事がほしいなら、うちの花屋で働けばいい。うんそうだ。そうしなさいよ。そしたら食事代も下宿代も、こちらで持ちましょう！」

「……あの、でもそれじゃあんまり……」

ずうずうしいのでは、といいたかったのですが、お銀さんは、わたしの手をとって、

「今時あなたみたいな孝行娘はさがしたっていやしませんよ。ああ、本当に感動した！」

絶滅寸前の特別天然記念物にあったような感動をされてしまっては、もはや「お願いします」と頭を下げるしかなかったのでした。

古めかしい鉄のエレベーターに乗せられて通された部屋は、一番上の五階。暗い部屋に電気がつくと、一面白い布におおわれた空間がそこにありました。

「こうしないとほこりが積もるんですよ」

お銀さんが布をぱあっと取ると、あら不思議。そこにはまるで、絵本に出てくるお姫さまの部屋のような世界が出現したのでした。ピンク色のソファに、カーペット。まあ！

天蓋《てんがい》つきのベッド！　よく見ると壁紙《かべがみ》もピンクの小花模様。カーテンも同じです。なあんてすてき！

「ちょうど布団《ふとん》は昨日、うちなおしから帰ってきたところでしてね。掃除もついでにしていましたから。洗面所も、すぐ使えます。水が出ますよ」

お銀さんは、あまっていたからと、魔法瓶《まほうびん》とお湯飲みをくれました。そして、

「それじゃ、くわしいことはまた明日」

と、いって部屋を出かけて、ふり返りました。ほほえんで、

「あの子が――千鶴が、あたしに願いごとをしたのは、今日が初めてなんですよ。かなえてやれてよかったと思います」

ひとりごとのように、いいました。そして、すがるように、わたしの顔を見あげました。

「あの子のことを、悪く思わないでくださいね。あれは本当はいい子なんです。ただ、あの子の母親が遠い外国で入院していて、離れ離れになっているもので、それで、さみしいんです。日本での暮らしも、まだ慣れませんしね。ええ。ここへきて、まだ三カ月ほどにしかならないんですよ。……だから」

「わかってます」

わたしはほほえみました。

「友達になれるといいな、と思ってます」

お銀さんは深々と頭を下げ、そして、扉を閉めました。

わたしはベッドに寝ころんで、ピンク色の天井をしばらく見つめ、それからふわんと立ちあがると、部屋を出ました。屋上に行ってみたくなったのです。

木の手すりの階段をのぼっていくと、つきあたりに、ステンドグラスのはまった鉄のドアがありました。冷たいノブをつかんで開けると、目の前に夜景が広がっていました。山から見下ろすのとは違う、体をつつみこむような夜景です。風がわたしの体をなでるように優しく吹いて通りすぎ、髪をまきあげ――そして、手すりによりかかるようにしてそこにいた千鶴ちゃんが、ふり返りました。

千鶴ちゃんは、泣いていました。夜景の輝きがぽつんとほおに灯《とも》ったように、涙が顔をぬらしていたのです。

千鶴ちゃんは乱暴に涙をぬぐい、笑って、「見たな」と、いいました。

「見たよ」

わたしはいうと、千鶴ちゃんの隣で夜景を見ました。

それにしても、何て、きれいな夜景でしょう。暗い藍《あい》色《いろ》のビロードに宝石をちりばめたように見えます。遠くの方に、きらめきにふちどられたように見える黒い闇があります。街の灯《ひ》をゆらゆらと映すあそこは、

「海――？」

「そうだよ」

「初めて見た……」

「ふうん。あたしはいつも見てた」

海。考えてみれば、初めて見たわけでもなかったのでした。山にいたころ、風に乗って高い高いところにのぼれば、目の下に模型みたいな灰色の町並みと一緒に、たしかに青い海が見えたのです。でもあれは、音のしない、動かない、はるかに遠い海でした。

けれど、今、見えている海は生きていました。かすかに響く海鳴りの音をたて、夜の風に潮の香りを乗せ、ひとの街の灯につつまれて、広々と深くそこに広がっていました。

千鶴ちゃんは夜のような瞳をして、遠くを見つめていました。ふと、いいました。

「あっちへ帰りたいなあ。海の向こうへ。あたしの国へ」

「どこに？」

千鶴ちゃんは、一度では聞きとれないような不思議な響きの国名をつぶやきました。

「……って、国、知らないでしょう？　アジアのはしにある国でさ。戦争とか気候とか、いろんな理由が重なって、もうどうしようもないほど貧しい国になっちゃってるんだ。でもみんな働き者でね。自分たちで何とか国をよくしようとがんばってるんだ。あたし、そこで生まれた。母さんがあの国でお医者をしてたからね」

「お父さんは？」

「いない。うちの両親、離婚したから」

「……」

「かけおちみたいにして結婚したんだって。同じお医者さんでさ。でも、父さんだけ、理想に破れて日本に帰ったってわけ。喜んだのが、あのお銀ばあさんさ」

「――どうして？」

「ふたりの結婚に反対してたからね。もともと、母さんが貧しい国に行くっていっただけで怒りくるったってひとだもの。親子の縁《えん》は切ったからって、結婚式には出ないし、手紙に返事もよこさなかったんだって」

「……あのひとが？」

「そうだよ。ひどいやつなんだよ、あいつ。自分は日本が貧しかったころみなしごで、それこそどんな悪いことだってして生きてきたって、口ぐせみたいに母さんにいってたらしいっていうのにさ。大きくなって結婚してからも、幸せだったのはほんのちょっとの間だけ。おじいちゃんが病死してからは、すごく苦労して母さんを育てたんだって。

それ聞いて育った母さんが、優しいおとなになってさ、世のためひとのためになることしようとしたら反対したんだよ。最低だよね？」

何かにとりつかれたように千鶴ちゃんは話し続け、顔をゆがめました。

「それが、母さんが病気になったとたん、突然、猫なで声で電話かけてきて、あたしをあずかるっていいだすんだもん。電話で初めて名前呼ばれた時、マジで寒けがしたよ。いまさら何だよって、思ったよ。あたし——やだったのに。母さんは気が弱くなってるし、もうあたしの意志なんて関係なしに、日本にくることになっちゃってさ」

「——そうか。それで、グレちゃったんだ……」

　わたしが思わず、つぶやくと、

「うん。……いや、ちがうな」

　千鶴ちゃんは、そういって夜空を見あげました。

「あてがはずれたっていうのかなあ？　よくわかんないけど……」

　と笑いました。

「ずっとね、あたしが母さんをささえてなけりゃと思ってきた。あたしだけが……あたしが一番母さんを愛してるんだと思ってきた。母さんもそうだと思ってたんだけど……でも、違ったんだ。病院でさ、母さんがうわごとで呼んだのは、お銀さんだったんだもん。それまで、『あたしにはあんただけよ』なあんて、あたしにいってたくせにさ」

「……」

「それ聞いた時、あたし、父さんとおばあちゃんだけじゃなく、母さんにも捨てられたような気がした。そうだよ、そしてほんとに、日本に捨てられちゃったんだ……。あたしは捨てられちゃったんだ。だから何をしてもいいんだ……。死んだって——ほんとは死んじゃったって、いいんだよ」

「そんなことは……」

「何もいわないの。あんたも捨てられた口のくせに」

千鶴ちゃんは、夜の色の瞳でふり返りました。

「あたしがあんたを拾ったのは、なぜだと思う？　あんたがあたしと同じ、ひとりぼっちの目、してたからだよ……」

ふいにくにゃくにゃと千鶴ちゃんは、その場に座りこみました。わたしは驚いて、その肩をゆすると――お酒の匂いがしました。気がつくと、足下にお酒の缶が落ちています。おまけに千鶴ちゃんは、すやすやと寝息《ねいき》をたてていました。

「――いいたいことというだけいって」

わたしはしょうがなしに笑うと、千鶴ちゃんを、背負いました。

下への扉の方に向かって歩き出した、その時です。あのくまが、ふうっとまた現れて、じっとこちらを見あげました。そしてお銀さんと同じ表情で、わたしを見つめ、頭を下げました。何度も何度も。ごめんなさい、というように、お願いします、というように。

わかってるよ、とわたしは笑いました。

「――ね、千鶴ちゃん」

わたしは背中の酔っぱらいに声をかけました。

「……うん？　なあに？」

「あのね。古いぬいぐるみのくまに、心あたりない？　茶色いくまさん」

変な質問でしたが、酔いのせいか、彼女は素直に答えました。

「……あたしの友達だよ。母さんが子どものころ、お銀さんが作ってくれたんだって。ずっと母さんの宝物だったんだけど、あたしがゆずってもらったんだ。……お銀さんが作ったっていうところは気にいらないけど、くまには罪がないし……大事にしてる」

「で、そのくまさんは今、どこにいるの？」

「母さんのとこに置いてきた。あたしの代わりしなさいっていって……」

すやすやと、また、少女は寝息をたてました。わたしはくまの方を見て、

「心配で、見にきたんだ？」

くまはちょっともじもじして、うなずきました。また、ぺこり。

「うん。わかってるよ。お母さんにも、頼まれたんだね。でも、この子は大丈夫だよ。だから、お帰り」

くまはうなずくと、もう一度、頭を下げました。そして空の方を見あげ、両手を上に伸ばすと、小さな小さな流れ星になって空に飛んでゆきました。

一瞬、遠い異国の風を感じました。樹々《きぎ》の葉の緑の色がとても濃くて、空気が熱い匂いがして、目の色が深々と黒いひとびとが住んでいる国。あざやかな色の、尾の長い鳥たち

がゆったりと空を飛び、まばゆい日ざしの中を、水牛と子どもがゆっくりと畑を耕してい
て——その畑とジャングルから少し離れたところにある都会の、ひらべったい感じの建物
——それは病院で、その窓のひとつに、眠っている女のひとが見えました。千鶴ちゃんに
そっくりな、意志の強そうな口元のそのひとのベッドのまわりは、地元の患者さんやお友
達からのお見舞いのお花や果物でいっぱいで。そして枕元に、あのくまが見えました……。

千鶴ちゃんを背負って、木の階段を降りました。吹き抜けの天井のシャンデリアが、古めかしい眠いような光を放っていて、影が長く、ゆれながら階段に映ります。わたしはくすくす笑っていました。その子の一言が、実は胸に痛かったんですけど。

わたしはたしかに、父さんに捨てられた子どもかも知れない。胸の奥の深いところでは、そのひとがわたしたちを捨てたんじゃないかっていう不安は、大きいものでした。

そして、小さいころ、泣いている母さんをなぐさめられなかった時、さみしかった思い——それをわたしは忘れてはいません。さらさら鳴る着物の背中に、しがみついても、甘えても、母さんは泣きやんでくれなかった。わたしは母さんはいつか、山の雪のように、泣きすぎて溶けてしまうのじゃないかと思って、おびえていました。いつも背中を向けて泣く母さんに、うずくまって泣く母さんに、せめてこっちを向いて泣いてよっていいたかった時、そんな時（今だからいいますけど）何もかも壊《こわ》してしまいたい、自分自身さえ

もと、思ったことがないとはいいません。

エレベーターにたどりついて、鉄の扉を開けると、背中で千鶴ちゃんがいいました。

「……あんた、ここに住めるようになったんだろう。よかったね。――あのばあさん、管理人としちゃあ、ほんとにいいやつだよ。安心して……信頼してて……いいよ……」

すやすやと、また寝息。外国語で何かつぶやいて。

はいはい。わたしは肩をすくめました。


五階の部屋に帰ってカーテンを開けると、冷たいガラスの向こうにさっきより少し低い夜景が見えました。

山の上から見た時は、ただ美しく見えた夜景が、今はとても切ないながめに見えました。かすかにピアノの音が聞こえました。あれは『愛情物語《ノクターン》』。うちに父さんのレコードがあった、あのメロディでした。


ピアノはもう聞こえません。誰が弾いていたんだろう？　レストランの、ピアノ弾きのひとが弾いていたのかな？　わたしはこれからお姫さまみたいなベッドで眠ります。街での初めての夜は、どんな夢を見るかしら？

この手紙は、朝一番に、街のからすに頼むつもり。姉さんのところに届いたら、何かおいしいものでも、ごほうびにあげてください。

それでは、また。

十月　五日

由布

追伸。

姉さん、勝手しちゃって、本当にごめんなさい。思えば、姉さんからは、小さい時から、いつもいつも、由布はおしゃべりがうるさいとか、考えがたりないとか、しかられてばかり。不肖《ふしょう》の妹は、そうしてついに、家出までしちゃったけれど、優しい姉さんだもん、きっとゆるしてくれるよね？

おやすみなさい。

とりあえず記念写真

二通目の手紙

姉さん、お元気ですか？　今日は写真をいろいろ送ります。玲子さんにカメラを借りて、撮《と》ってもらったり、撮ったりしたの（〝文明の利器《りき》〟ってすごいよね。ボタン押しただけで、わたしでも写せるんだから）。解説するから、順番に見てね。

一枚目。これは〝シードラゴン〟。お花屋さんとその看板娘の図。由布は、電動のシャッターを手動で開けて壊しちゃったりしてますが（だって、開いちゃったんだもん）、元気です。エプロン姿がなかなかさまになってるでしょ？

二枚目は、レストラン〝海馬亭〟。みんなで朝ごはん食べてるとこ。右からわたし、お銀さん、玲子さん、リリーさん、千鶴ちゃん。千鶴ちゃんがふくれてるのは、ちょうどこの時リリーさんからからかわれてむっとしてるのと、おたふく風邪《かぜ》ひいてたから。

リリーさんは美人でしょう？　レストランの専属の歌い手さんなんだけど、なんと男のひとなんだ。けど心は女のひとなんだよ。

リリーさんと組んでるピアニストが伊達《だて》さん。この写真を撮ってくれたひと。無口だけど、笑顔が優しいひとでね。長いひげに大きな肩してて、どこかうちのお父さんみたい。

伊達さんの写真も撮ったんだけど、失敗しちゃった。

三枚目の写真、玲子さんの部屋。大きいテレビにコンピューター。資料と雑誌の山に埋《う》もれて机で寝てる玲子さん。玲子さんは大学生だけど、もうゲーム会社で働いてて、これを撮ったのは会社から朝帰りした日だったの。

玲子さんはこの何日か前に、やっぱり徹夜明けだった時に、スーパーファミコンの遊び方を教えてくれたんだ。テレビゲームってすごい面白い！　あのね、本当に物語の主人公になったような気持ちになれるんだよ。広い広い世界で、思いきり旅をしたり、冒険したりできるの。

ねえ姉さん。ひいおばあさまやひいひいおばあさまの時代には、山の神もまだ、冒険ができたよね。悪人をこらしめたり、妖怪《ようかい》と戦ったり。風早の里のひとたちを守るために、他の神々と渡りあった時代もあったんだよね。

それって、わたしの憧れの時代だったの。何で昔に生まれなかったんだろうって、いつも思ってた。だけどね、ゲームしてると、気分は冒険の時代なの。楽しいよう！

そういえば、いつのころからなんだろうね？　わたしたちが里の——街のひとたちと離れ離れになって、山奥でひっそりと暮らさなきゃならなくなったのは。話すことも遊ぶことも守ってあげることもできなくなったのは。時代ってやつかねえって、おばあさまは、いつかいっていたけどね。

それはさておき。スーファミにはまりこんだわたしは、玲子さんが優しいのをいいことに、いつまでも部屋にいすわって、あのひとを休ませてあげなかったのでした。あとで千鶴ちゃんにしかられちゃった。あの子ワル志望のくせにひとに説教するんだよね。

四枚目、白いおひげのコックさんとお弟子さんたち。コックさんは遠くからここに通ってきてるの。昔はここに住んでたんだけど、今はお孫さんと一緒に住んでるんだって。

五枚目、わたしの部屋。南向きのベランダからは、海が見えるんだよ。本がだいぶたまっちゃった。だって本屋さんに行けば新しい本がいくらだってあるんだもん。うらやましいでしょ？　父さんは乱読のひとで、漫画からＳＦ、民俗学までオールジャンル本棚にあったけど、さすがに女の子向けの物語の本や『Ｏｌｉｖｅ』はなかったもんね。

六枚目、『海馬亭』。すてきでしょ？

七枚目、思いっきりむくれている千鶴ちゃんのアップ。

八枚目、ハロウィンのお祭りでにぎわう、風早駅前商店街。すみっこに写っている甘味《かんみ》屋さんが、由布の行きつけのお店です。いつかみたらし団子買って帰るね。

この写真を撮った日が十月三十一日で、街が大騒ぎになったんだ。出店は出るし大安売りはあるし、子どもや若者は仮装するし。明治の昔から外国人の居留者が多かった名残のお祭りなんだって。今でも海岸沿いに当時異国のひとたちが住んでた洋館が残ってるんだけど、『海馬亭』もそもそもは外国のひとを迎えるために建てられたホテルだったんだそうです。

――写真見てると、思いだすなあ。〝千鶴ちゃん行方《ゆくえ》不明事件〟のことを。

『海馬亭』は、元ホテルなので、各部屋にお風呂とトイレはついていても、キッチンはついていません。外に出るのもめんどうだし、中においしいレストランはあるし、住人はおまけしてもらえるということもあって、みんな朝晩は一階でごはんをいただきます。

あの日の朝、お花屋さんの開店準備をすませてからお銀さんと一緒にレストランに行くと――千鶴ちゃんがリリーさんに笑われてました。千鶴ちゃん、顔を真っ赤にして、何かを見たっていいはっていて。

テーブルについて、「何を見たの」と聞くと、ほっぺたをしっぷと包帯でぐるぐるまきにした顔で、千鶴ちゃんは「幽霊だよ」と、答えました。

「昨日、夕方に見たんだ。『海馬亭』の四階の空いてる部屋の窓に、灯りが灯ってたんだよ。それで、長い髪の女のひとの影がゆらゆらっとして消えたんだ！　あんな髪の長いひと、ここにはいない。幽霊だよ！」

おたふく風邪って――悲劇なのね。本人が真面目な顔をすればするほど、笑えるんだ。

玲子さんがくすくすと笑いました。

「ハロウィンは今日だよ、千鶴ちゃん。今夜見たっていえば、もっとタイムリーだったのに」

「本当に見たんだってば――――！」

リリーさんが笑いました。

「いいわよね、お子様は。夢があって。今度見るのは宇宙人かな？　それともピンクのぞうさんかな？」

みんな、笑いました。わたしは千鶴ちゃんを信じないわけじゃなかったんだけど、あのほっぺたがねえ。しっぷと包帯が笑える。

千鶴ちゃんはすごい勢いで立ちあがり、レストランを出ていきました。

「――あんなに怒んなくたってねえ」

リリーさんが、みんなにいいました。

「傷つけちゃったかなあ……」

玲子さんがぽつんといって、伊達さんが千鶴ちゃんの消えた扉の方を見ました。

リリーさんが頬杖をつきました。

「そうね。おたふく風邪の熱で、本当に、幽霊の幻《まぼろし》が見えたのかも知んない。うんうんって聞いててやればよかったかな……」

「――あの、本当に、本物を見たのかも知れませんよ」

お銀さんが、いいました。

「実は……昔から女の幽霊がいるっていううわさがあるんですよ、四〇四号室に」

　さあっと、みんなの顔が青ざめました。ほんとに人間って、幽霊なんかが怖いのね。ホラー小説の、あの〝恐怖の表情を浮かべた〟って、描写がどういう状態か、やっとわかった。

「今から四十年も昔の、ここがまだホテルだったころの話なんですけどね。そのころ四〇四に泊まったお客さんから、苦情がよくでたんです。別にあの部屋で、人死《ひとじ》にとかがあったわけじゃないんですけどね。

　またそのあとわりとすぐに、オーナーがホテルをやめて、ここはアパートになったんで、うわさは消えたんですけれど。でもあたしが管理人になってからは、四〇四には、ひとを入れないようにしているんですよ。あそこは広くていい部屋なんですけどね」

「うわあ、鳥肌がたっちゃった……」

　玲子さんが、肩を抱くようにしていいました。四〇四号室は玲子さんの部屋の向かいだから、よけいぞーっとしたんでしょうね。

　わたしはサラダをつつきながら、

「その幽霊って、何か悪さをするんですか？　ほら、たたるとか、とり殺すとか」

　いいえ、と、お銀さんは首をふりました。

「窓辺に立つだけだそうです。あとは……」

「あとは？」

「たまにホテルの中を歩くとか」

みんなの顔が、見ものでしたよ。あはは。

幽霊って、山には時々いましたよね？　大体登山者のひとたちの幽霊で、雪の日なんか、特によく出て。お母さんがおはらいをして、成仏させてあげていましたね。感謝をしながら空に消えていくあのひとたち。

「千鶴ちゃんに悪いことしちゃったなあ」

玲子さんが、つぶやきました。


その日は土曜日でした。千鶴ちゃんは熱はもうないものの、学校を休んでいたんだけれど、ずっと部屋に閉じこもり、ファミコンをしていました。わたしや玲子さんが部屋を訪ねても背中向けてるだけなの。包帯としっぽがそのへんにころがっていました。

徹夜明けの目をこすりながら、玲子さんがわたしにいいました。

「夕方になったら、三人でお祭りに行かない？　千鶴ちゃん、ほっぺたのはれひいたみたいだし、ちょっとならいいかなと思うんだ。一応あとでお銀さんにも相談してみるけど。わたしは仕事があるから、そのまま会社に行くけど、由布ちゃんは千鶴ちゃんとふたりであちこち回っておいでよ」

やったあ！　生まれて初めてのお祭りだ。綿菓子買って、ヨーヨーつりするぞう！

夕方まで寝るからといって、玲子さんは部屋に帰ってゆきました。そうだね、夕方までには、元おたふく娘の機嫌も直るだろうし。わたしもそう思って、お花屋さんに走りました。もう、開店時間じゃないの！

で、半日働いて、お昼休み。外にごはん食べに行くついでに、街の写真も撮ってこようかなと、カメラを取りに部屋に帰ったんだけど、ちょうど廊下で、千鶴ちゃんがリリーさんと出くわしたところにぶつかったの。

部屋から出てくるのを待ちぶせしていたらしいリリーさんは、やさしくほほえんで、

「千鶴ちゃん、あのね……さっきは――」

それをねめつけた千鶴ちゃん、ひとこと。

「何だよ、オカマ」

「何ですって？」

「オカマをオカマっていって何が悪いのさ。気持ち悪いんだよね、ヘンタイ」

「まあっ！」

まあまあ、と、わたしはふたりの間にわって入りました。とっさにカメラで、

「はーい、千鶴ちゃん笑って。チーズ！」

「ばかにすんなよな――！」

元おたふく娘、真っ赤になって怒ります。カメラをはらいのけられちゃって、あやうく落とすところでした。危ない、危ない。

リリーさんが、目張りの入った目をつりあげて怒りました。

「いいかげんにしなさいよ、この根性曲がり！　ええ、あたしはたしかにオカマよ。でもね、心はピュアなんだから。あんたみたいにひねくれてないわよ！」

「ひねくれてなんか、ないよ！」

「ひねくれてなきゃ、甘ったれてるわよ！　学校サボったりどろぼうのまねごとしたり。あれみんな、みんなに心配してほしいからじゃないの！　お銀さんや玲子ちゃんや、あたしたちに、かわいそうにっていわれて、かまってほしいんでしょ！」

「ちがう！　あたしはワルになるんだ！」

背の高いリリーさんを、かみつくような表情で見あげて、千鶴ちゃんは叫びました。

リリーさんは、艶然《えんぜん》とほほえんで。

「なれるものならなってごらんなさいよ。あんたみたいなお子様が、一体どーんなワルになれるもんだか、見ものだわ」

千鶴ちゃんは、廊下を駆けだしてゆきました。

らせん階段を駆け降りてゆき、玄関の扉が開いて、乱暴に閉まる音がして。

千鶴ちゃんはそれきり、夕方になっても帰ってきませんでした。

「そのうち帰ってくるわよ。どっか友達の家にでも遊びに行ってるんじゃないの？　ほらあの由美《ゆみ》ちゃんとかいう子のうちとかさ」

用もないのに花屋に来ると、そっぽを向いてリリーさんはいいました。

由美ちゃんち、ねえ。わたしは首をかしげました。由美ちゃんってのは近所の子で、毎朝、千鶴ちゃんを学校に誘《さそ》いにきてくれる、親切な子です。う－ん。たしかに、千鶴ちゃんが遊びに行くとしたら、あの子のとこくらいしかないだろうけど。ほかに友達の名前って聞かないしなあ。

ところが、そう思ったそばから、由美ちゃんがやってきました。窓をたたいて、

「こんにちは。千鶴ちゃん、元気ですか？」

プリントとか持ってきました、ってにこにこと笑います。

リリーさんは青ざめ、起きてきていた玲子さんが、「心配だなあ」とつぶやきました。

わたしはお店をふたりに頼んで、レストランにお銀さんを訪ねました。お銀さんはさっきから『海馬亭』のみんなのために、厨房《ちゅうぼう》の隅でお菓子を作ってくれているのでした。

「ひさしぶりにシュークリームなんて作ろうと思うんですよ。かぼちゃの形のね」

シュークリームは、『海馬亭』のみんなが好きだけど、とくに千鶴ちゃんは好物です。

わたしはあの子がいなくなったってことを、なかなかいいだせませんでした。

花屋に戻ると、リリーさんと玲子さんが、暗い顔をしていました。

「……お祭りの時は、よその街のひとたちもたくさんきて、はめをはずしたりするし」

玲子さんが夕方の空を見あげます。

「いつもの調子でちょっと『悪いこと』しようとしても、みんながみのがしてくれるかどうか……」

「あんなちびがどうやってワルになるっていうのよ？　被害者になるのがおちだわよ」

リリーさんもそういって。ふたりともおたがいのせりふにぎょっとしたようでした。

「わたし、捜しに行きます――」

玲子さんが立ちあがりました。あたしも、といったリリーさんにわたしはいいました。

「リリーさんはもうすぐお店で歌のお仕事でしょ？　わたしが行きます」

わたしにもちょっと、責任ある気がして。


玲子さんとふたりで、街を走りました。商店街には、音楽が鳴り響き、思い思いのお化けらしいかっこうをしたひとたちが、ゆきかっていました。だんだんと夜の闇がたちこめてきて、そうすると、狼男もドラキュラも不思議と本物めいて見え――まるでこの街全体が、陽気な魔界のように見えました。

色とりどりのランプが輝き、楽しそうなひとびとのざわめきが聞こえる中に、千鶴ちゃんは、いません。

「玲子さん、お仕事あるんでしょう？　行っていいですよ」

「ううん――あとちょっと」

玲子さんは腕の時計をみて、ちょっとくちびるをかんで、また駆けだしました。

ゲームセンターをのぞき。路地を抜け。通行止めになったバス通りの、屋台や人波の中を捜して。石畳の坂道を走り。外人墓地の裏をゆき。街を離れて川沿いの土手の方にも、行ってみて――。

やがて、小高い丘の上にきました。海を抱くように広がる街が、きらきら輝きながら目の下にあります。あ、カメラ持ってくればよかった、なんて、つい、思っちゃった。

「ここは夏に……クローバーがいっぱい咲く丘なの。千鶴ちゃん、ここ好きなんだけど……ここからだと、海もこの街も、パノラマみたいにきれいにみえるから。……あの子がこの街にきたばかりのころ、よくここに散歩につれだしててね。うん、わたしもここが好きで。さみしかったり疲れたりしたらよくきていたから……」

玲子さんは、深いため息をつきました。疲れてるみたい。息をととのえるようにしてから、ふと、わたしに聞きました。

「由布ちゃん、千鶴ちゃんのこと好き？」

「うん。面白い」

面白いねえ、と、玲子さんは笑いました。

「わたしは嫌いじゃないの」

　にこっとほほえんで、今度は港の方に行ってみようか、そういって、歩きだしました。


　やがてお祭りがおしまいの時間になり……。

　玲子さんはとうとう最後まで、わたしと一緒に、千鶴ちゃんを捜しました。途中から、リリーさんと伊達さんも、一緒に捜したんですけど、どうしても見つかりませんでした。

　わたしは何となく『銀河鉄道の夜』のラストシーンなんて思いだして不安になり、みんなも口には出さないまでも、いろいろと嫌な想像をしているようでした。

　十二時を回るころ、わたしたちは疲れはてて『海馬亭』に一度帰ることにしました。警察に行った方がいいかも、なんていいながら。

　すると、電話番に残っててもらったお銀さんがホールで泣いていて――千鶴ちゃんがその前で、ふてくされてるじゃないですか？

「ああ、生きてた――！」

　リリーさんが、床に座りこみました。

　お銀さんは泣き笑いしながらいいました。

「屋上の温室にいたっていうんですよ。すみませんでした。お騒がせしてしまって……」

　いいんですよ、と伊達さんが笑いました。

わたしはくちびるをとがらせている元おたふく娘を見つめながら、ため息をつきました。

つまりこっそり『海馬亭』に戻ってきて、屋上にひそんでいたわけね。

「あの……加藤さん。会社の方から、何度もお電話がありましたけれど――」

玲子さんは、肩をすくめて笑いました。

「いいんですよ。急ぎじゃないんです」

何度も頭を下げるお銀さんに、みんなで、いえ何もなくてよかった、とかいってた時、

「……別に捜してくれなんて、頼んでない」

千鶴ちゃんが、いいました。

「ほっといてくれてよかったんだ。あたし、ありがたいなんて思ったりしないから、ずうずうしく恩売ったつもりにならないでね」

その時、千鶴ちゃんの頬を打ったのは、なんと玲子さんでした。

千鶴ちゃんはしゃがみこんだまま、ほっぺたを手で押さえ、目を見開いて、玲子さんを見あげていました。

その目に、じわっと涙があふれました。うつむいて、涙をこらえようとしていましたけれど、やがて手で顔をおおって、泣きました。声をたてずに泣きました。

お銀さんが、背中からそっと抱きしめました。千鶴ちゃんは体をかたくして――そしてふり返ると、お銀さんの腕をつかんで泣きじゃくりました。

真夜中のレストランで、みんなでシュークリームを食べました。ふくらみそこなって
クッキーみたいになったシュークリームでした。
でも、コック長のおじいさんが上にふわっと生クリームをかけてくれると……あら不思
議。おいしいお菓子になったのでした。お銀さんが、ほほえみながら熱い紅茶をいれてく
れました。
玲子さんが、自分の手を見つめて、ため息をつきました。
「あれくらいしていいのよ。あんたがぶたなきゃ、あたしがぶってた」
リリーさんが、いいました。千鶴ちゃんは部屋で寝ています。
玲子さんは首をふりました。
「わたし、自分のいらいらをあの子にぶつけただけかも知れないんです。……このごろ仕
事が遅れ気味で、疲れがたまってたし。だから……」
伊達さんが、優しい目で玲子さんを見つめました。そうっと、首をふりました。玲子さ
んは、ほんの少し、笑いました。
「千鶴ちゃんてさ……昔のあたしに、似てるんだ」
紅茶をスプーンでくるくるかきまぜながらリリーさんがほほえみました。
「だからさあ、あの子の気持ちはよくわかんのよ。まったく、なんておばかな子なんだろ

うとか思うんだけど……」

ふふふ、と、笑いました。

「ばかな子ほどかわいいって、ほんとよね」

その時、千鶴ちゃんが部屋から出てくる気配を感じました。お手洗いのふりをして、わたしは席を立ちました。


千鶴ちゃんは、屋上の温室にいました。ガラス張りの温室の小さな灯りをつけて、うずくまっていたのです。さっきも……昼から夜までの長い間、南の国の植物たちに囲まれて、ずうっとここにいたんでしょうか？　上目づかいにわたしの顔を見た千鶴ちゃんはぶっきらぼうにいいました。

「うちの親父《おやじ》がさ、口ぐせにしてた言葉があって、あたし、あいつのことはよく覚えてないんだけど、それだけは覚えてるんだ。〝いいひとは傷つけるな〟っていうの」

ふうん、と、わたしは隣に座りました。空がなかなかいいながめ。

緑が優しい。歌っている。千鶴ちゃんをなぐさめてあげようとしてるんだね。

「ねえ、由布。みんな、あたしのこと、嫌いになったかな？」

「それはないと思うよ。でも、もう一度こんなことがあったら……」

「嫌いになる？」

「――やっぱり、みんなまた心配して捜すだろうね。けど、今度はわたしがぶつから」

千鶴ちゃんが、ほっぺたを押さえました。

「嫌われたくないなら、嫌われるようなことしなきゃいいのに」

はあと千鶴ちゃんはため息をつきました。

「由布は、ひとから嫌われたらどうしようとか、悩んだことないでしょう?」

「ないよ」

そうだよね、と、いって笑って、千鶴ちゃんは深く深くため息をつきました。おとなびた顔になって、そして、ふと、自分の両方のほっぺたをひっぱりました。見て見て、といって笑います。あごをしゃくった方を見ると、ガラスに映った顔がなんかすごい……。半魚人みたーい、といって、千鶴ちゃんは笑いました。そのうち静かになったと思ったら寝ていました。まあ、もう真夜中だしね。子どもは寝てる時間なんだ。

前もこんなことあったなあと思って、背中にしょって、温室を出ると、星空の下に、長い髪の女のひとが立っていました。

『あ、新しい住人さんね? はじめまして。四〇四の丘野《おかの》純子《すみこ》です』

にっこりほほえむそのひとは、玲子さんくらいの年でしょうか? でも、ちょっと待てよ。四〇四の住人?――あ、幽霊だ。

「ええっと、早瀬由布ですけど……」

幽霊は、まあ、と手を握りあわせました。

『あたしが見えるのね。今の〝海馬亭〟のひとたち、みんな鈍感であたしのこと見えないみたいだったからさみしかったの！』

まったく。わたしはため息をつきました。

「成仏《じょうぶつ》したいなら、お手伝いしますけど……」

『あなた、祈禱師《きとうし》か何か？　道理で！』

「――そこの妙音岳の山の神、いわゆるやまんばです」

『まあ、やまんば！　ロマンティック！』

「……」

『でもあたしはまだ、天国へは行かないの』

幽霊はふわりとワンピースのすそをひるがえすと、手すりによりかかりました。

『とびきり美しい童話が書けるまでは、ここにいるの。どこへも行きたくないの』

「だってもう……死んでるでしょう？」

幽霊は胸に手をあてました。

『心で童話は書けるの。――それに生きてたころは、あたしずうっと病人だったから、童話なんて書けなかったわ』

幽霊はほほえみ、夜景を見つめました。

『あたしのうちは、この街にあったの。あたしの寝ていた部屋から、〝海馬亭〟はよく見えて。あたしは空想したわ。いつかきっと童話作家になって、あんなお部屋に滞在しながら、きれいなきれいなお話を書こうって。……結局病気は治らなかったんだけど、気がついたらここに住んでたってわけ。

それからは、好きな時に街を歩いたり、鳥と一緒に空を飛んだりしながら、童話を作ってるわ。船のマストに腰かけて、遠くに旅をすることもあるの。実は昨日、北海道から戻ってきたばかりなのよ。ほら、お祭りにあわせて帰ってきたってわけ――。でも、やっぱりここが一番いいわね。〝海馬亭〟のみなさんは元気？　おちびさんはまた何か、みんなに心配かけてるの？』

優しい目で、わたしの背中を見ました。

童話はたくさん書いたけど、とっておきの童話はまだ書けないの、といいました。

『だって、世界はとても美しすぎて！　何かひとつのものやひとりのひとに感動するたびに、また新しい童話を作りたくなってしまうんですもの――！』

空は澄みわたり、祭りのあとのひとびとが眠る街を、何千もの星たちが見守るように輝いていました。

姉さん。次の日、千鶴ちゃんはみんなにあやまりました。あ、千鶴ちゃんは、お銀さんにほんの少しだけ、甘えるようになりました。

ところで姉さん。わたしあの夜、夢を見ました。子どものころの姉さんが丘の上からこの街を見下ろしている夢。母さんそっくりの長い長い黒髪を風になびかせて。

思いだしたんですけど、七年前の、やっぱり母さんがいない秋に姉さん一晩家に帰ってこなかった時がありましたよね？　あれは——そうだったの？

夢の中の姉さんは、迷って迷ったけれど、結局、丘を降りませんでした。うつむいて、人間の街に背を向けて。最後の写真、クローバーの丘。これが、夢のその丘でした。

十一月　六日

由布

三通目の手紙

虹色タイルと宇宙船

姉さん、お元気ですか？　街は十二月に入って、ジングルベル、ジングルベルと、はりきってる感じです。

由布は自転車に乗れるようになりました。毎日リボンのついた花束を抱いて、街を走っています。風に乗るよか、よっぽど簡単よ。気を抜いても落ちることはないしね。

ねえ、素朴な疑問なんだけど、サンタクロースって、ほんとにいるのかな？　姉さん、どう思う？　聞いてみても、街のひとたちはほんとのこと、教えてくれないんだ。

北欧のフィンランドだとかノルウェーだとかからくるんだって、玲子さんが教えてくれたんだけど、だとしたら、物語や映画に出てくるサンタクロースはどうして、「メリークリスマス！」なんて、英語をしゃべるんだろう？　大体、登場第一声でそういうよね？　サンタなんていないんだよって、千鶴ちゃんは笑うんだ。肩をすくめて、

「由布って、ロマンティストなんだね。けどいいかげんに卒業しなきゃ。あれはお子様向けのイベントで、あたしたちには、もう関係ないんだから」

……一緒に〝おとな〟の仲間に入れてもらったのは、うれしいけどね。

そりゃ、おとなたちが子どもに愛をこめてプレゼントする日だってことは、わたしだって知ってます。でも、だからってサンタさんはいないんだとは思えないんだよね。

わたし、やっぱりほんとにサンタはいて、でも、ひとりじゃ世界中は回りきれないからお父さんたちが、回れない分の、代わりをするんだと思います。だからさ、毎年何人かの子どもはほんとにサンタからプレゼントをもらってるんだと思うの。今年は、サンタクロース、この街にくるかも知れない。わたしね、屋上でそりを待っててみるつもりよ。

父さんは十年前、クリスマスのころに、いなくなったそうですね。ちょっと街まで買い物に行ってくるっていって。父さんは、今わたしが見ているような街のざわめきを見て、人混みの中を歩いたんでしょうね。きらきら光るかざりを見て、クリスマスの音楽をきいて。

ねえ、父さんの買い物って、何だったたんだろう？　わたしたちへのプレゼントだったのかも、知れないね。

サンタの話は、さておいて――。

こうして街に住んでると、人間ってみんな疲れてるんだなあと思います。生き物のまわりって、輝く空気みたいな光につつまれてるでしょう？　花屋の窓から見ていると、道を歩いてるひとたちの〝光〟ってほとんど見えないの。見えてもにごった色なのよ。

山のけものも、姉さんも母さんも、はっきりとした澄んだ金色の光をしててきれいだった。登山者のひとたちも、わりときれいに光ってた。でもこっちじゃ、みんな疲れてるのね。実際、たいぎそうに歩いているひとって、多いもんなあ。

でも——姉さん。それでもたまに、目の中に飛びこんでくるように、ひとの〝光〟がはっきりと、見えてくることもあるの。それはそのひとが、とても強い感情を抱《かか》えている時。怒りや悲しみや憎しみや——泣きたいほどの心の痛みを感じている時。そんな時、人間は、炎みたいにゆらめく、いろんな色の〝光〟につつまれるの。

そういうひとたちが、涙をやっとこらえたような笑顔で花を買いに来る時、わたしは、花束に、ほんの少し、わたしの力をそえて渡します。一日でも長く、この花があなたのそばにありますようにって。

ゲームデザイナー志望の大学生・加藤玲子さんは、ふだんはとても落ち着いています。おっとりしてるって、いうのかな。

ところがそのひとが、ある夕方、バイト先のソフトハウス（ゲーム会社）から、ダッシュして帰ってきたのです。たまたま玄関ホールにいたわたしは、彼女が玄関に立った瞬間、〝玲子さんが燃えてる！〟と、思いました。

赤い炎と青い炎が燃えさかり、ゆらめきながら、全身をとりまいていたのです。玲子さんは炎をなびかせたまま、ものもいわずにわたしのそばを通りすぎ、階段を駆けあがると、自分の部屋の扉を開けて閉めて、閉じこもっちゃったんです。しばらくして、聞こえてきた、かすかな叫び声は――。

「……泣いてるの？」

わたしのそばにいた千鶴ちゃんが、「うそお」とつぶやきました。

（あ、あれは〝光〟だったんだ……）

わたしは、階段の方を見あげました。

玲子さんが通りすぎた時、風が吹きこんだように、わたしの心に玲子さんの思いが流れこんできました。どうしてなのかはわからないけれど、はりさけそうな悲しい気持ち。

エレベーターを呼びました。千鶴ちゃんとふたりで四〇二号室の前に立って――扉をノックしようとして、やめました。

ずっとずっと、玲子さんは泣いていました。


夜、玲子さんはレストランに、むくんだ顔で現れました。そしてお酒を頼みました。飲んでは頼み、飲んでは頼み……。

わたしたちはそれをながめ、視線をかわしあい、やがてひかえめにお銀さんが、

「加藤さん、そのへんでおやめになった方がいいですよ……」

「ほっといてくださいよ」

ワインをどぽどぽつぎながら、玲子さんはいいました。目がすわっています。

「わたし、はたち過ぎてますよ。もう、おとななんです。何しようと自由でしょ？」

「その……体によくないと思いますよ」

わたしがいうと、

「あんた、医者？」

不機嫌に聞き返されました。

「そうじゃないなら、ほっといてよ。わたしの体なんだから、ガンになろうがカイヨウになろうが、かまやしないじゃない」

おおおっ！　これが、あのおだやかな玲子さんのせりふでしょうか？　信じられない。ぼうぜんとしている間にも、玲子さんはジョッキをあおり、ワインをまたつぎ。つづいて日本酒の地酒を注文するころには、もうすっかり酔っぱらいのできあがりでした。

「……由布ちゃんも飲もうよ。ほらほら」

調理場から勝手にグラスをもらってくるとわたしに持たせ、地酒をどぽどぽどぽ。

「うーん。でもわたし、まだはたち過ぎてないんですけど……」

「かたいこというんじゃないのよお！　あんたはちゃんと働いてる社会人じゃないの？おとなと一緒、一緒！」

こぼれたお酒をちょっとなめてみると――うん、これは……おいしい！

考えてみれば、とわたしは思いました。〝はたちにならないとお酒飲んじゃだめ〟っていうのは、人間の法律だもんね。わたし人間じゃないし。

（怒んないでね！　だっていつも家では、おいしそうなぶどう酒も、花のお酒も、みんな母さんと姉さんで飲んで、わたしにくれるのは梅酒だけだったじゃないですか？　いつまでも子どもあつかいしてくれちゃってさ。お酒って実は、憧れだったのよ）

「かんぱーい！」

何に乾杯なんだか、わたしたちはグラスとおちょこをうち鳴らし、それからえんえんと飲み続けたのでした。

……それからあとのことは、どうもよく覚えてないの。たしかわりとすぐに、レストランが閉店になって――で、玲子さんが飲みたりないって文句をいって、外のお店を何軒かはしごしてカラオケ屋さんに行って。

気がついたら、真夜中の公園にいました。近所の小さな公園です。そこのベンチでふたりで、酔いをさましていたんです。十二月の公園なんて、噴水の音が寒いばかり。わたしたちはとんだ粋狂者《すいきょうもの》でした。

「わたし昔さ、宇宙飛行士になりたかったんだ――」

ふいに、澄んだ声で、玲子さんがいいました。星空を見あげて、

「シリウス……プレアデス……オリオン座大星雲――行ってみたいよねえ。どこまでも遠

くへ……」

　歌うようにいいました。

　でも次の瞬間、そのひとは、わっと泣きふすと、

「開発中止になっちゃったのよお――！」

「……かいはつちゅうし？」

「もう一年も作ってたゲーム……わたしのゲーム……作るのやめになっちゃったのよ！」

　わたしは息をのみました。それってひょっとして――ほとんどできあがったよって、つい昨日いってた、あのゲームのこと？

「どうして――どうしてですか？」

「……メインプログラマーが逃げちゃったの。勝手に会社やめて、どっかに行っちゃった。彼がいないと……あのゲームは、もう絶対に作れないのに――。

　プログラムってね、プログラマーによって、書式がひとりひとり違うから、他のひとには読めないし、解読するのが難しいの。すごくすごく時間がかかる。おまけにそれができる腕のいいプログラマーが、今うちにはいないから、よそから呼ばなきゃいけない。――続きを作って、完成させるためには、そうしなきゃならないんだけど……その時間も、お金も、うちにはないのよ。

　そんなことするうちに、新しいゲームをどんどん作って、お金を作っていかないと、う

ちみたいな小さなとこじゃ、お給料すらでないの。無駄な時間を使ってるひまはない。だから、開発中止……」

ほんとは社外秘だからね、といって、前に玲子さんが教えてくれたそのゲームのストーリーは、架空《かくう》の世界を舞台にした、スケールの大きな物語でした。魔法使いの女の子の冒険物語で——それは実は、アルバイトといっても、卒業後はその会社に就職することが決まっている玲子さんが初めて本格的にゲームデザインをし、シナリオを書き、総監督をしたゲームでした。

そんな、バイトの学生さんに監督をやらせるなんてこと、まずめったにないことで——それだけ玲子さんの才能とゲームの企画が、会社に買われてるってことなんだって、いつか、『海馬亭』に遊びにきた会社のお友達が、教えてくれたことがあります。

玲子さんは本当に、そのゲームにうちこんでいました。おおげさじゃなく、命をかけてるようにさえ、見えました。このごろは特にずっと、会社につめていたし、『海馬亭』にいる時も、いつも、部屋のパソコンの前にいました。

人間関係が難しい、小さな会社なのに、どうしてみんな、なかよくやれないんだろう？なんてぐちも、たまに聞きました。コンピューターのデータがいきなり消えて、作り直しになったとか。徹夜明けのスタッフがコーヒーをこぼして、パソコン一台だめにしたとか……。いろんなハプニングもあって、そんなのをみんな乗りこえてきたのに……。

ひとしきり泣くと、玲子さんは、その場で寝てしまいました。

「玲子さん、玲子さん……風邪ひきますよ」

ゆすっても起きません。風邪どころか、凍死《とうし》しそうな寒さになってきたので、わたしは玲子さんを肩にかついで、『海馬亭』に帰ることにしました。

ところがどっこい！　なんとわたしもお酒がまわって立ちあがれないじゃないですか？　じたばたじたばたしていた時、わたしはふと、気がつきました。子どもがいます。小学校三、四年生くらいの男の子が、ジャングルジムの上に腰かけて、こっちを見ています。

――こんな真夜中に。利かん気そうな顔をゆがめて、なぜだか、泣きそうな表情で。

あれ、と思いました。あの子――こないだもあそこにいたような気がする。いつかのお昼に、やっぱり見たような気がします。いや待てよ――この公園を通りかかるたび、何かいつも、あの子、ジャングルジムにいるような気がする……。よっぽどあそこが好きなんだろうか？　変わった子だなあ。

「――どうしたんですか？」

その時、伊達さんが通りかかったのは、日ごろの行いのよさというものでしょう。助かったと思って、またふり返ると、ジャングルジムの上には、もう誰もいませんでした。

「由布ちゃん、どうしましたか？」

「今、あそこに誰かがいたような……」

伊達さんが、笑いました。

「あんまり飲みすぎてはいけませんね」

「……はあ」

お酒のせいか。そうねえ。そうかも。お酒を飲むと変なもの見るっていうしね。

「そういう伊達さんこそ、こんな時間に、夜遊び、ですか？」

「子猫を拾ってきました」

「え？」

「お客さんから、港に子猫が捨てられてたと聞きまして……。捜してきたんです。白いのととらじまのと、二匹見つけました。すっかり冷えていたけれど、元気でいてくれてよかった……」

伊達さんのコートの胸元が、ふわんとふくらんでいました。体をかがめて、そっと見せてくれたのは、まるで小さなぬいぐるみのような、眠っている二匹の子猫でした。閉じた目と口元が、安心して笑っているみたい。手を伸ばしてふれると、指先にふわふわしたぬくもりが伝わってきました。

「かわいい……」

「でしょう？」

伊達さんは、ほほえみました。よく見るとそのひとの服はあちこち汚れていて、かぎざきもできていました。狭いとこやら暗いとこやらも捜したのでしょう。こんな寒い冬の夜中に。ピアノを弾くきれいな指には、あちこち傷さえできていました。

「明日から里親さがしが大変です。わたしが育ててあげられればいいんだけど、居候《いそうろう》の身だから……」

残念だけど、それはわたしも一緒です。

「伊達さん、わたしも手伝います！　お店に来るお客さんに聞いちゃう。優しそうなひとに。かわいい子猫いますよ、猫いりませんかって——！」

「ありがとう」と伊達さんは笑いました。

その時、海の匂いの風が、港の方からふわあっと吹きました。どこかであきかんがころがる音がします。かたかたっとわたしが震えると、伊達さんが、笑っていいました。

「さて。今度は、この大猫《おおねこ》を二匹、『海馬亭』に連れて帰りましょうか？」

伊達さんは、玲子さんをおぶってくれました。わたしは何とか、よりかかって歩きました。伊達さんは、わたしの足どりにあわせてゆっくりと歩いてくれました。

次の日が花屋が休みの日だったというのも、日ごろの行いのよさというもので。でもせっかくのお休み、わたしは初めての二日酔いで、朝からベッドで寝ていたのでした。

すると、昼過ぎになって、幽霊の純子さんが出てきました。

『ねえ、加藤玲子さんのことどう思う？』

「――どうって？」

『あのひとに霊感つけるには、どうしたらいいと思う？』

「？？？」

頭をあげると、ぐらぐらっとしました。

『あのひと鈍感でしょう？　大体あたしの四〇四と彼女の四〇二って、向かいあわせの部屋なのよ。それなのに、毎晩ぐっすり眠れるのが彼女なわけ』

「あの……も少し、わかるように話してください。一体、何を相談したいんですか？」

怖がってほしいとでもいうのでしょうか？

『実はね。ここだけの話だけども……』

純子さんは声をひそめて。

『あのひと、しょっちゃってるのよ。――たぶん、幽霊を』

玲子さんを散歩に誘って、昨日のあの公園にいくと、玲子さんは今日はもう、普通の調子に戻っていて（恐ろしいことに二日酔いもしていなくて）、わたしに何度もあやまりました。

「ごめんねえ。わたし、由布ちゃんにからんでたんだって？　酒ぐせの悪いやつだよね」

「いえいえ。それはいいんですけれど……」

ベンチに座ってふり返り、ジャングルジムの方を見ると――あの男の子がいます。ジャングルジムの一番上で、昨日と同じ表情で、何かいいたそうにこっちをじっと見て。

「玲子さん、あのジャングルジムなんですけど――どう思います？」

「え？」

「男の子がいるの、わかります？」

玲子さんは、そっちとこっちとくるくると何度もふり返り、そして笑いました。

「また幽霊の話？　この寒いのに冗談はやめようよ」

ということは、やっぱり見えていないのか……。わたしはため息をつきました。

『――あれは、幽霊なのよ』

さっき、純子さんがいいました。わたしの部屋で、ベッドの足の方に腰かけて。

『あの子は加藤さんを待ってるらしいの。いつもあそこにいて、加藤さんがあの公園に行ったり、そばを通りすぎたりすると、泣きそうな目で見つめるのよ。何かあのひとにいいたいことがあるのよ。きっと』

「……ゲームのしかけみたいですねえ。ある場所にくると、画面に変化があって、お話が動く。ポジションイベントとかいうんですよ……たしか」

前に玲子さんから教わった言葉です。

『何それ？　とにかく、同じ幽霊として、あんまりかわいそうで見てられないのよ。何とかならないかしら？　あの子に声かけて、相談に乗ってあげようとしたんだけど、あの子、あたしが話しかけてもふり返ってもくれないの。何だかあたしの声が聞こえないし、見えないみたいなのよ。どうしてかな？　話ができない幽霊なんて、初めて』

　こないだ偶然気づいたときから悩んでるのよ、と純子さんは、いいました。

『ねえ。何とか、加藤さんにあの子を見せるわけにはいかないかしら？』


　公園で、わたしは腕を組みました。

　ほんとに霊感がないひとでも、超常現象を見られる方法は、わたしでもひとつは知っています。幽明界《ゆうめいさかい》を異《こと》にしそこなう心境になってもらえばいいんです。つまりその……死にかけて、ご本人に幽霊になりそこなってもらえば（……怒らないように！）。けど、そんなわけにには、当然いきません。

　しかしふり返ると、少年は悲しそうです。

（だけど大体、あの子って……何なわけ？）

　純子さん説によると幽霊だけど、もっと違ったもののような気がしました。何がどうとはいえないいんだけど、でもたとえば、幽霊なら幽霊の声が聞こえるはずだと思うんだよね。

昼の光の中で見ると、男の子は蜃気楼《しんきろう》のように生気《せいき》なくゆらゆらと空に映っています。ま、でもあの表情と視線からして、玲子さんにいいたいことがあるのは、間違いなさそうで。そこはご明察って感じなんだけど。

考えこんでいると、玲子さんが伸びをして、背中をそらしていいました。

「こんな時間に外にいるのも、ひさしぶりだな。このところ、学校もずうっとさぼって会社につめてたもんね。冬の青空か。これはこれでいいね」

そういう玲子さんの顔はぼんやりとして、笑っていてもなんだか力がなく見えました。

「わたしもう、ゲーム作るのやめちゃおうかなと思うんだよね」

！　突然、何ということを！

「教職課程取ってるから、卒業したら、先生の免許も取れることになってるのよ。そしたらいなかに帰って、金八《きんぱち》先生になるのもいいかな、と。ゲームとか好きで、子どもと話があう先生っていうのもいいじゃないの？　うん。けっこういいよ……」

魂《たましい》が抜けたような顔で、笑わないでくださいよ。

「わたし、今度のことで、がっくりきちゃったのよね。あれは……あのゲームは、わたしの思いを全部そそぎこんだゲームだったの。それが突然消えちゃったの、ぱあっとね」

「また――また新しいゲームを作ればいいじゃないですか？」

「でもそれは、あのゲームじゃないもの」

玲子さんは、泣きそうな顔で笑いました。

「いいんだ。夢をあきらめるのは、今度が初めてじゃないの。子どものころ、本当に宇宙飛行士になりたかったのに、なれないってあきらめたことがあった。……今度もきっと、いつかあきらめられるよ」

玲子さんは、くしゃんとくしゃみをひとつすると、「風邪ひいたみたいだから」といって、帰ってしまいました。

ふとふり返ると、ジャングルジムの少年が唇《くちびる》をかんで、その後ろ姿を見送っています。

「――ちょっと、そこの子」

幻に呼びかけると、少年は目をこちらに向け、おや、という顔をしました。

「いいたいことあるなら聞いてあげるから、降りといでよ」

少年はその表情のままで、突然、すっと消えました。あれれ、と思っていると、足元の砂が風もないのにざわめきました。ジャングルジムの下とまわりは、レンガに囲まれた砂場のようになっているのですが、その砂がゆらゆらゆれています。何だ何だ？

砂の上に、何だか字が浮きでました。誰かが小さな黒い小石を、字の形に並べたように

〝あんた、誰？〟――。

「誰って、由布よ。あなたは？」

〝タイル〟

「え？」

〝おれは、タイル〟

ゆっくりと黒い小石は動き、やがて小さな楕円形の、古いタイルの形になりました。

「あ、タイル！　おふろなんかにはってある、あのタイルなんだ」

よく見るとタイルは、本当は黒ではなく、虹色《にじいろ》に光る、藍色のタイルなのでした。一面に星のような白い模様が散っていて。もとはきっときれいだったでしょう。今はひびわれて砕けて、見る影もない感じだけど。

「あ、わかった……」

つまり、変化《へんげ》はあの少年ではなく、このタイルなのです。昔、巨大な貝の妖怪が、口から幻を吐きだし、それが蜃気楼になって見えたというように、あの少年は、このタイルお化けが吐いた幻だったのです。どうやら。

妖怪というか、妖精というか。昔から、ものにはたまに、魂が宿ります。千鶴ちゃんのくまみたいにね。つまりこのタイルも、そのたぐいなわけだ。なるほど。

「あなた、どうして、もののけなんかになったの？　あの男の子は、誰？」

〝おれはタイル。おれは隆太《りゅうた》〟

ゆっくりゆっくり、タイルのかけらは、字を作ります。風に吹かれながら、目に砂ぼこりを入れながら、わたしは字を読みました。公園に人気《ひとけ》がなくてよかった。何してるの、って聞かれても答えようがないもん。

〝少し前に、隆太がおれを割った。おれは砂に混じって、石になった。それからずっと、女の子を待ってる〟

「――玲子さん？」

〝そう。約束したから。十時にここにくるって。でも、おれのことに気づいてくれない。おれはずうっと待ってたのに。シカトしてんのかな？〟

話がよくわかんないよう。

「玲子さんとお話ししたいの？」

〝あたりまえだろ〟

幻の少年の顔が、目に浮かびました。あの子とこのタイルと、どういう関係があるかはわかりませんが、どうやらタイルは、あの男の子のしゃべり口調で話してるみたいでした。足の早そうな、けんかが強そうな子でしたっけ。でもちょっと、生意気な口調だなあ。

〝おれは隆太だった。そしておれは玲子だった。隆太は玲子を待ってた。隆太はもういないから、おれが玲子を待たなくちゃいけないの。会ってあやまらなくちゃいけないから〟

ああもう。まるでなぞなぞだなあ。何いってんだか、全然わかんないや。

「何をあやまるの？」

〝別にあんたにいう理由はないだろ？〟

「……教えてくれたっていいでしょ？」

〝やだね。関係ないだろ〟

あ、やなやつ。かわいくない。

「わたし、寒いから帰るね」

わたしは、コートのすそをはらって、立ちあがりました。生意気お化けなんて、知ったことじゃないもんね。

〝なんで帰るんだよ、ばか〟

「たかだかタイルにばか呼ばわりされるいわれはないよ」

と、タイルのかけらが、ぱあっと立ち上がり、見る間にこっちに飛んできました。あ痛《いた》！　痛！　痛い！　ぶつかるんじゃないったら！　節分の豆まきじゃないんだから！

（こいつ——生意気なだけじゃなくて、短気だわ……）

自分で自分の首をしめるタイプだなあ。

「わかった、わかったったら。じゃあ、玲子さんに何をあやまりたいのか教えてくれる？」

〝いえるかよ〟

「あ、そう」

わたしはとっとと走ってその場を離れました。タイルはしばらくついてきていましたが、そのうちあきらめて公園に帰ったようでした。

ふり返り、タイルがいないことを確認すると、わたしは走るのをやめました。戻ろっかなあ、と考えて、やっぱり、と『海馬亭』に帰ることにしました。

（どっちみち、玲子さんにあのタイルお化けを見せる知恵はないのよ）

タイルが字を書くのも、飛んできてぶつかるのも、どうやら本当のことではなく、幻のしわざのようでした。わたし相手じゃなきゃ、あのお化けは何にもいえないし、できないのです。そう考えると、少しかわいそうになりましたが、どのみち、今は玲子さんにお化けの思いを伝える術《すべ》はないのです（お化け自体、非協力的だしね）。その方法を考えついてから、公園にまた行ったっていいんだ。

今はもう――それどころじゃ、ないや。

灰色がかった冬の空は、いつか夕方になろうとしていました。

四時から二時間の間、レストランはお休みになります。夜の時間の準備のために、外のカフェテラスの簡単なメニューだけ残して、本家の方はお休みになるのです。

わたしはひとりで、そっとピアノをいじっていました。ファ・シ・ド・ファ・ミ・レ・ド・シ・ラ・シ・ド・シ・シ・ラ……。

これは『ＦＦⅣ《ファイナルファンタジー4》』の〝プロローグ〟。大好きなあのゲームの、オープニングとクライマックスでかかる曲です。きれいで優しい、どこか懐かしい曲。剣と魔法と冒険の、あの世界にぴったりの曲。ピアノは弾けないけど、ここまでならひとさし指で弾けるんです。前に伊達さんから教えてもらったから。ＣＤを聞いてもらって、メロディをカタカナのドレミにしてもらったの。「きれいな曲ですね」っていってくれたのよ。おぼえるまでいっしょにうたってくれたの。

（クリアした夜、わたしが感動でぼろぼろ泣いてたら、〝実はわたしも泣いたのよ〟っていって笑ってたっけ、玲子さん……）

そのとき、うしろから大きな手が、そっとメロディのあとを続けてくれました。プロローグからメインテーマへ。さざなみのようにつらなり広がってゆく、メロディ。

「――伊達さん。玲子さん、ゲーム作るひとになるのをやめるんですって……」

わたしはつぶやきました。

「今の自分じゃない誰かに、なりたいと思ったことない？」

前に玲子さんの部屋に遊びに行った時、ゲームの話をしているうちに、ふと、玲子さんが聞いたことがありました。

「どこまでもはてしない広い世界で冒険してみたいとか、世界の支配を夢見る悪の帝王と渡りあってみたいとか……」

　玲子さんは笑って、身を乗りだして、

「わたし、魔法使いになりたいんだ」

　って、いいました。

「わたしのゲームで遊ぶひとたちに、ほんのわずかの時間でも、竜と戦う勇者になってほしい。剣の達者な姫君になってほしい。謎《なぞ》の多い未知の世界で、旅をする気分を味わってほしいの。わたしは冒険旅行を企画する、魔法のツアーコンダクターになって、プレイするひとたちを、おすすめの見知らぬ世界にお連れするの」

　そういったそのひとの、めがねの奥の大きい目は輝いていて、わたしは本当にこのひとの冒険の世界を旅してみたいと――旅に連れていってほしいと、まるで小さな子どもみたいに憧れて、思ったのでした。

　……なのに。そんなことを、わたしはぽつぽつと、伊達さんに話しました。

「由布ちゃんの思ったままを、そのとおり加藤さんに話してごらんなさい」

　伊達さんがいいました。山の奥の湖みたいな、深い色の目でわたしを見つめて。

「そうすればきっと、由布ちゃんの思いは通じると思いますよ」

　しんとやんだピアノの音は、でもまだわずかに、あたりに澄んだ響きを残していて……。

　わたしは息をつきました。

「――伊達さん。もう一度、〝プロローグ〟、弾いてください」

伊達さんの、大きな、けれど優しい指が、そっと鍵盤《けんばん》の上を滑《すべ》りました。


四〇二号室の前まで行くと、千鶴ちゃんが扉の前でうろうろしていました。お銀さんに飼うことを許してもらった二匹の子猫を抱いて、ぶらさげて、何かぶつぶついいながら、歩いています。

わたしが、千鶴ちゃん、と声をかけると、彼女は必死な形相《ぎょうそう》でわたしの腕をつかみ、階段の陰の方まで、ひっぱって行きました。

「――何よ？」

と、聞くと、声をひそめて、

「ねえ、どういったらいいと思う？」

「何を？」

「ゲームをやめないでってさ。――ねえ、聞いた？　玲子さん、会社をやめるっていってるんだよ」

なあんだ。わたしはしげしげと彼女を見つめました。御同様か。

「どういったらいいのか、わからないんだ。はげましてあげたいんだけど……」

千鶴ちゃんは、それこそ置いていかれそうになった子猫のような表情で、わたしを見あげました。

「こっちに来たばかりで、一番つらかった時、最初に友達になってくれたのが玲子さんだったんだよ。ありがたかったんだ——すごく！　何も話したくない時でも、ゲームのことなら話せたし、質問も、できた。あのひと——いつも、優しかった。どんな時もずっと……」

それだけいうと、またうつむいて。猫と一緒に、自分の頭を、抱くようにして。

「大好きなゲームから、離れてほしくないんだ。でも……何ていえば、いいのか——」

「思ったままを、そのとおりいえばいいじゃない？」

わたしは笑っていいました。四〇二号室の方を指さして、

「さあ、レッツ・ゴー！　行くよ。ダメでもともとじゃん？　ゲームでさ、ダンジョンのパズルに挑戦する時、とりあえず、いろいろやるでしょ？」

「……うん」

「ああいう感じで、いってみよう！」

「由布ってつくづく——ま、いいか……」

ノックをすると、少し時間があって、「はい」と、いう、何だかしゃがれた声の返事が聞こえました。

あの、お話が……と、いいかける前に、

「ごめんね。ほうっておいて」

と、いわれてしまいました。

「今、人生二度目の進路変更をしてるところでさ、ひととお話しする余裕がないの。ダメージがひどくってさ。何か、優しい言葉でもかけられたりしたら、発作的《ほっさてき》に首つりたくなるような気がして」

「！」

わたしと千鶴ちゃんは、顔を見合わせました。扉の向こうで玲子さんは笑って、
と、冗談に聞こえない声でいいました。

「冗談だってば」

「実は風邪の具合がよくなくて。インフルエンザかも知れないから、みんなにうつすといけないでしょう？　部屋から出るのを自粛《じしゅく》してるのよ」

「――大丈夫なんですか？」

「大丈夫。薬、飲んでるから」

横で千鶴ちゃんは、すごく心配そうな顔をして、扉を見つめています。一瞬、「あら、ひっぱったら、ドアが壊れちゃったあ」なんていって、力まかせに扉を開けてしまおうかとも思いましたが、思い止まりました。〝首つり〟の一言がとても怖くて。

その時、必死ないい方で、千鶴ちゃんがいいました。

「あの！　猫、飼ったの、あたし。かわいいの！　見たくない？」

抱きしめられた猫たちは、不満そうに、実にいいタイミングで、にゃあと鳴きました。

扉の向こうで玲子さんは笑ったようでした。

「いいなあ。あとで見せてよ。風邪が治ったら、きっと見に行くから」

「きっとね！」

「うん」

「……それじゃ、具合悪くなったら、いつでも声かけてくださいね」

「うん」

　扉の向こうに手をふって、ふり返りながら遠ざかると、あとをついてきた千鶴ちゃんが廊下に座りこんでうつむいてしまいました。階段の、吹き抜けの天井の古いシャンデリアがその姿に影を落とし、窓の外では静かに雪が降りはじめていました。

　不思議なものです。玲子さんはもの静かでそれほどみんなとおしゃべりする方ではなかったのに、夕食時、そのひとが現れないレストランは、何だかしんとしていました。

　何もいわなかったのに、誰から聞いたのかコックさんは〝風邪ひきのためのごはん〟を作ってくれました。栄養豊富そうできれいで、お花まで飾ってある食事を、わたしはトレイに載せて、四〇二号室まで持って行きました。

コンコン、とノックしても、返事が返ってきません。寝たのかなと思ってきびすを返しかけて、わたしはぐるっとふり返りました。

「玲子さん——!」

ドアを力まかせにひっぱりました。ノブはちぎれましたが、ちゃんと開きました。

そこには誰もいませんでした。——どこかに出かけたのでしょう。

(病院にしては、遅い時間だよね……?)

主のいない部屋は、寒々として薄暗く、カーテンをひいていないままの窓には、雪の影がはらはらと映っていました。

玲子さんは、なかなか帰ってきませんでした。もう夜も九時を過ぎて、雪はみぞれに変わっていました。

お銀さんが心配そうに玄関に立ち——わたしは、マフラーをまいて外に出ました。

ジングルベルのくりかえす、明るい街のどこにもそのひとはいません。いつか聞いた所番地を頼りに会社にも行ってみましたが、遅くまで働いているひとたちの中にも、そのひとはいませんでした。大学は真っ暗で、ひとの気配はなく。わたしは途方に暮れて、うろうろと街を走りました。『海馬亭』に電話をしても、まだ帰っていないという、千鶴ちゃんの返事が返ってくるばかりです。

あたしも捜しに行くという彼女に、じゃあ、伊達さんたちがレストランが閉まってから捜しに出るっていってたから一緒においで、といって電話を切りました。

「……玲子さーん！」

暗い道で、思わず声に出して呼ぶと、どこか遠くで、犬が吠《ほ》えました。雪にまぎれて、空へ駆けあがっても、白くかすむ闇の中に、街の灯がぼんやりと輝いているばかり。

あのハロウィンの夜、〝千鶴ちゃん行方不明事件〟の時、みんなで心配してばたばたした、あの夜のことを忘れたのっていいたくなりました。

公園に行ったのはほんの偶然でした。港の方に行ってみようとした時、たまたまそばを通りかかったのです。そしたら、ベンチに見慣れた影が……。

「玲子さんっ！」

わたしは駆けよりました。

「こんなところで何してるんですかっ？」

玲子さんはのほほんと顔を上げました。

「何って……雪見酒」

雪なんてもうびしょびしょのみぞれです。とにかくわたしは、玲子さんの腕をとり、立ちあがらせようとしました。すると、冷えきってるだろうと思ったそのひとの手が、何だか妙に熱いじゃないですか？

「……玲子さん。とっても熱があるのでは？」

「わかんない。ふわふわして、いい気持ちだよ」

一升瓶《いっしょうびん》抱いて、笑わないでくださいよ。

「──帰りましょう！」

がしっと腕をつかまえて、ベンチから引きはがそうとすると、玲子さんは、

「ちょっと待って」

と、いいました。街灯の下で見るその瞳は今はめがねをはずしていて、アルコールっ気などみじんもないほど澄んできれいでした。

「十時になるまで待ってよ。十時になって、最後の時計の鐘が鳴ったら、帰るから」

石造りの時計台を見上げると、その時間まではあと十分と少しありました。わたしは迷い、そしてしぶしぶ隣に腰を下ろしました。

この小さな公園にも、地元の商店街の名前の入った古い時計台があります。時計は朝の七時から夜の十時まで、一時間ごとに軽やかな音の鐘で、時を告げてくれるのでした。

雪とぬれた土の匂いに混じって、ときどき海の匂いの風があたりに吹きわたります。わたしは自分のマフラーをとって、問答無用でぐるぐると玲子さんの首に巻きつけました。

「……どうして、十時なんですか？」

「何だかね。昔した約束を思いだしたの。小学生のころ、わたしこの公園で、ひとと待ちあわせしたことがあるのよ」

「夜の十時にですか？」

「ううん。その時は朝の十時。十二時間違うけどね」

　空を見上げる長いまつげにみぞれが降りかかり、すうっと消えてゆきました。

「昔、この街に住んでたんですか？」

「そう。小三から小四にかけての、ほんの短い間だったけどね。親が転勤族だったから、すぐまた引っ越しちゃって」

「……待ちあわせって誰としてたんです？」

　わたしはうしろをふり返りました。ジャングルジムに、ほらあの子が乗っています。タイルお化けの幻が。

「そのころ仲のよかった男の子。一緒に宇宙に行こうねって、約束してたんだけど。わたしが引っ越す少し前につまんないことでけんかしちゃってね。それっきりになっちゃって。

　いやほんとは、引っ越し当日の日に、この公園で待ちあわせをして、あやまるつもりだったのよ。それがね、予定より早く車が出ることになっちゃって。結局わたし、約束の時間にここにこれなかったのよ。……あの子はきたのかなあ？　すごく怒ってたから、こなかったかも知れないなあ。もうずうっとそのこと忘れてたんだけど、こっちへきてからは、何だかたまに思いだして。でも、もう十年になるのよねえ――」

　ふうっとため息をつきました。

「……あの子、隆太君ていったんだけど、どんなひとになったかしら？　意外と本当に航空大学か何かにいたりしてね。わたしのことなんて、忘れちゃっただろうなあ……」

「どうしてけんかなんかしたんですか？」

　玲子さんは、笑いました。

「……それがね。ただのタイルのせいだったのよ。空き地で、あの子が、きれいなタイルを見つけてね。それが、虹色がかった深い青色で、星が散ってて、まるで、〝虹色に輝く宇宙〟みたいなタイルでね。ひとめ見てほしくなって、ちょうだいっていったんだけど、くれなくて、あたしも何度も頼んでるうちに、何だかむっとしてきてね。何よ、親友だと思ってたのに、とか、もうすぐわたしは引っ越すんだから、これくらいくれたっていいじゃない、とか思ってね。

　じゃあいらないっていって、それっきり口をきかなかったの。それから三日して、お引っ越し。今思うと、あんなに意地はらなくてもよかったのにね。でもあの時は、わたし本当にあのタイルがほしかったの……」

　わたしは、〝隆太君〟も、あとで後悔したんだろうなあと、思いました。タイルくらいのことで、けんかするんじゃなかったって。

〝隆太君〟は、たぶんその日、玲子さんを待っていた。ジャングルジムの一番上の、玲子さんがきたらすぐわかるところに座って。あやまる言葉なんか考えながら。でも、長い長い時間待っても、待ちびとはこなくて。

〝隆太君〟はそのうち、ため息をついて、ジャングルジムから飛び降りたでしょう。そして、タイルを捨てたのです。放り投げられたタイルは、レンガにはじけ、砕《くだ》けました。砕けたその一瞬に、タイルに魂が宿ったのです。〝隆太君〟のその時の思いがすべて宿り形になったタイルの精が、たぶんその時、生まれたのでした。

それから十年、タイルは待ち続けました。玲子さんが公園にくるのを。そうして自分に気づいてくれるのを。きっと、もともとの〝隆太君〟の方は、その日のことも、タイルのことも忘れちゃって、今は普通の学生か社会人になってるんだろうけれど。ましてやタイルお化けのことなんか、夢にも知らないんだろうけれど――。

「本当に、宇宙に行くつもりだったのよ。ふたりで毎日放課後、図書館に行って、星の本やロケットの本を読んで。あんまりいつも行くもんだから、司書のおじいさんが魔法瓶のお茶をわけてくれたりしたっけ。夕方の、暗くなってゆく図書館の床の色や、ほこりっぽい本の匂い……今でも覚えてる。――兄さんがよけいなことといわなかったら、今でも宇宙飛行士志望だったかも知れないなあ……」

ふいにこんこんと、そのひとはせきこみました。十時までは、まだあと五分あります。

「わたしね、子どものころ、体は丈夫だったんだけど、何だか、風邪をひきやすい体質でね。流行に敏感ってやつで、風邪のウイルスをすぐにもらってきちゃう子だったのよ。小四の時、ここから引っ越してすぐに三つ上の兄さんからいわれたの。〝宇宙船の中で、風邪を流行らせたらどうするんだ？　とんだ迷惑になるからあきらめろ〟。

ひどいことというでしょ？　でもね、わたしも当時はピュアだったというか、今思えば、そんなに深刻に考えなくてもよかったんじゃないかと思うんだけど、考えこんじゃったわけ。宇宙での事故って致命的でしょ？　ほんのわずかのミスや機械の故障が原因で、二度と地球に帰れなくなるってこともあるわけ。……わたし、自分がその原因になるかも知れないって考えたら、たまらなくなってね、夢をあきらめようと思ったの。

そう思ったんだけど、これがけっこうつらかったのよ。三日三晩眠れないわ、家族にあたり散らすわ、熱だして寝こむわ。でも、成長してみると風邪なんかめったにひかなくなったのよね。今度のが、もう久しぶりの風邪なの。あーあ、早まったなあ！」

十時まで、あと三分。でも、玲子さんはいよいよ熱が高そうでした。ふと、純子さんのことが頭をよぎりました。このままだと昔の純子さんの二の舞になってしまうんじゃ……。

「──玲子さん、帰りましょ！」

わたしはそのひとを無理やり立ちあがらせました。

「どうして？　まだ十時じゃないよ」

「十時じゃなくても帰るんです！」

「いや！　時計の鐘聞くまでは、帰らない」

玲子さん、もうてこでも動きません。忘れてた。このひとは今お酒に酔っていて、なおかつこのひとは、酒ぐせが悪いのでした。

「十時になったら、忘れられるような気がするのよ、あのゲームのことが。ゲームデザイナーになるって、夢のことが……」

玲子さんはわたしの腕にすがり、いいました。

「……きっと今度も忘れられるって、あきらめがきくって思うんだけど……どうしてこんなにつらいんだろう？　ねえ、どうして、あきらめられないのかな？」

あきらめなくたっていいじゃない！　そういおうとした時でした。玲子さんがふとふり返り、

「あ、隆太君がいる……」

と、いいました。首をふって、不思議そうな顔をして、でも納得したように、

「まだ待っていてくれたんだ。悪いことしちゃったなあ……」

その視線はしっかり、あの〝隆太君〟の方に向いていました。わたしはもう、全身総毛《そうけ》立ち、玲子さんの手をひっぱって、駆けだそうとしました。ところがそのひとは、するりとわたしの腕を抜けだすと、ジャングルジムの方に走ってゆきました。

「ごめん！　待ったでしょう？」

　その時。ジャングルジムの上の少年の表情が変わりました。ほっぺたにきゅっとえくぼを浮かべて、目を輝かせ、ジャングルジムの上から飛び降りてきたのです。

『遅い遅い！　おれもう待ちくたびれて、このままミイラになるかと思ったぜ！』

「だから、ごめんってば。……でも、あんたが待っててくれてよかった。あやまれるもの。ごめんね。わたしが悪かった」

〝隆太君〟は、にやっと笑いました。うれしそうな表情を隠そうと、口をゆがめて。

『いや。おれが悪かったんだよ。おれもさ、もうずうっと、おまえにあやまりたかったんだ。ごめん。――これ、やるよ』

　そういって、ポケットの中から何かを出すと、玲子さんに手渡しました。

「タイル！　いいの？」

『いいさ。持っててくれよ。これきっと、宇宙飛行士になるための、お守りになる』

　玲子さんの手が、下がりました。

「……ごめんね。わたしもう、宇宙には行かないんだ――」

　タイルを返そうと伸ばした手を〝隆太君〟は、そっとよけました。

　玲子さんを見つめて、ほほえみました。

『いいや。おまえは宇宙に行くんだ』

じゃあな、と〝隆太君〟は身をひるがえし手をふると、駆けだしました。

「隆太――！」

玲子さんが名前を呼ぶと少しだけふり返り、そして親指で空を指すと、笑顔のままどこかへ走り去ってゆきました。

玲子さんは、やがてほほえんで、わたしの方をふり返りました。

「――見て。きれいでしょう？」

てのひらの上には、街灯にてらされて、あのタイルがありました。今は、作られたばかりの時の姿のように、誇らしげに輝いていました。でも、見つめているうちにタイルはばらばらと砕けました。そうして、雪が溶けるように、すうっと消えてゆきました。それと同時に、玲子さんが倒れてしまって。

わたしは玲子さんを抱きかかえ、肩にかついで、街の方に向かって帰りました。

午後十時の鐘が、わたしたちを見送るように、響く音で時を告げました。

肺炎をおこしかけたとかおこしていたとかで、玲子さんは二日、病院に入院して、帰ってきました。ただでさえやせているひとが、さらにひょろひょろになって帰ってくると、静かにしてなきゃいけないはずなのに、部屋のパソコンをカタカタいわせはじめました。

「企画書作ってるのよ」

久しぶりに晩ごはんを食べにきたレストランで、玲子さんはいいました。

「とびきりのゲームの企画書」

「やった！　玲子さん、復活したんだ！」

わたしは思わず叫び、千鶴ちゃんと目をあわせて笑いました。う〜ん。とびきりの薬草っていうか、エリクサーを使ったような、見事な復活じゃないの！

「まあ、まがりなりにも、〝夢や希望をあきらめるな〟って、ゲームの中でいう人間が、簡単に自分の夢をあきらめちゃだめだものね」

いつもの調子で、玲子さんは笑います。それから、てれたように頭をかいて、ごめんなさいとみんなにあやまりました。

「何か――いろいろ、心配かけちゃったみたいで。いやあ、いい年して、おとなげないというか、何というか……」

お銀さんが、笑いました。

「何、加藤さんなんて、あたしからすればまだまだ子どもですよ。反抗期だと思って見てましたよ」

ひどいなあ、と玲子さんは口をとがらせ、みんな笑いました。

「ねえ、どんなゲーム考えたの？」

千鶴ちゃんが、ききました。

「当然ＲＰＧ《ロールプレイングゲーム》の、血沸《わ》き肉躍《おど》る冒険物。そういうのを作りたくて、ソフトハウスにいるんだもの。でもね、今度のはちょっと違うわよ。現実のこの世界が舞台なの。この街みたいな街並みを出すわ。で、主役のモデルは由布ちゃんよ。キャラクターの名前も、ユウっていうの」

「え？　わたしですか？」

　きょとんとすると、玲子さんは笑って、

「由布ちゃんを見てると、なぜかインスピレーションが浮かぶんだなあ。何だか由布ちゃんには、いにしえの日本のロマンを感じるのよね。極端にいうと、実は人間は仮の姿で、その正体は妖怪変化――たとえば猫娘《ねこむすめ》だとか、そういうミステリアスな雰囲気があって」

「！」

　このひとは本当に、カンが鈍いんでしょうか？……猫娘っていうのはともかくとして。

「主人公は猫娘の女の子。ちょうど由布ちゃんくらいの年でね、妖怪のすむかくれ里から、人間のくらすこの街へきていろんなひとと会いながら冒険をするの。どんな冒険かはまだ考えてないんだけど、由布ちゃんみたいにお父さんを捜しにきたことにしようかな？

――どうしたの？　由布ちゃん、変な顔して」

「ほんと。由布、変な顔」

　ただ絶句していると、玲子さんはしみじみと、いいました。

「今度の病気の間に、いろいろ考えたわ。でもね、昔の夢を見て、思いだしたの。自分が何をしたくてこの道を選んだのか」

「――夢？」

玲子さんはほほえみました。

「公園で、昔親友だった男の子に会う夢」

そうか。夢だと思ってるのか――。

玲子さんは優しい表情で、どこか遠くを見つめました。そして、とぎれとぎれにゆっくりと話してくれたのは、こんな話でした。

「わたし昔ね……宇宙飛行士になりたいって夢を、泣く泣くあきらめたことがあるの。その時に、絶望的につらかった気持ちを、わたしは今でも忘れない。それから何年かして、初めて本格的なＲＰＧ『ドラゴンクエスト』が出たの。中学生だったわたしは、夢中になったわ。ほんとに自分が王女を助ける旅をしているような気になって。

その時、これだって思ったの。わたしはゲームを作ろう。心の中に宇宙を作ろう。自分の宇宙の中で、空を飛ぼう。誰かを飛ばせてあげようって。

わたしは宇宙飛行士にはなれなかったけれど、でも、心の中の宇宙では、どこまでも遠くへ行くことができるわ。みんなで、遠くへ――どこまでも遠くへ行きたいと……つれて行ってあげたいと思ったの」

なんてね、といって、そのひとは笑いました。伊達さんの弾くピアノが、いつか、あの〝プロローグ〟に変わっていました。

姉さん。そして、玲子さんのゲームの企画は着々とできあがりつつあります。たまに話してくれるストーリーもすごく面白いよ。わたしが猫娘なのだけが、困ったもんだけど。タイトルも、『遠野《トオノ》』ってきまったんだ。このタイトル、誰がつけたと思う？　なかなかタイトルが決まらなくて、悩んでた玲子さんが、机でうたたねしてたら、雑用紙にいつのまにか、〝遠野〟って、きれいな字で書いてあったっていうの。

「無意識に書いたのかな？　それとも例の幽霊さんだったりして」

って、玲子さん、笑ってたけど、まあきっと、〝幽霊さん〟のしわざでしょうね。

どうしてかな？　すごく姉さんが懐かしいなあ。どうも今夜は雪が、あんまりしんしん降るものだから、街が静かすぎて。それで里心が少し、ついたみたいです。

いまごろは、きっと山は一面雪。今夜みたいな夜には、雲間から月がのぞくたびに、銀色の雪原に、青く月の光がたまって、昼間走った雷鳥《らいちょう》の足跡にも、きつねやかもしかの足跡にも、彫刻のように藍色の影ができているね。

姉さん。山に帰ったら、夜の山でお茶を飲みましょう。父さんの登山用のこんろを借りて、樹氷《じゅひょう》を見ながら、今年つんだお茶の葉のお茶をいれましょう。

きっとすぐに、近いうちに、父さんを見つけて山に帰りますから。安心して、由布にまかせて、待っててね！

十二月　十日

由布より

追伸
梅干し、からす便で送ってくれて、ありがとう！　考えてみれば、そのお礼をいうために、手紙を書いたんだったわ。忘れてた。

梅干しは、『海馬亭』のみんなに好評でした。コックさんとお銀さんが、レシピを教えてほしいっていってたよ。もちろんわたしもおいしかった。……そうか、里心がついたのはあの梅干しのせいだったのか。

でもね。同封の手紙。由布に〝無理しないで〟って書いてたでしょ？

父さん捜しのこと、大変じゃないかって。

心配ないって。わたしのようなお気楽な子は、間違っても〝無理〟なんかしません。それどころか、毎日が楽しくて、街にきた目的を、忘れちゃいそうよ。

とにかく、梅干しありがとう！　次は山菜のお漬物《つけもの》がいいです。じゃあまたね。

大みそかはこたつみかん

最後の手紙

姉さん、お元気ですか？

今日は街の大みそかの話をするね。

大みそかといえば、トランプです。これは山でも街でも同じ。山にいたころは、夕方から母さんが恒例《こうれい》の山の見まわりに行っちゃうので、わたしたちふたりで遅くまで、トランプをしましたね。

ステレオのラジオで『紅白』聴きながら、七並べなんかして。いろりで栗《くり》焼いたり、おやき作ったりしながら、母さんの帰りを待ちましたね。遠く遠くの空から、どこかのお寺の除夜《じょや》の鐘が聞こえてきて、何かさみしくなったっけ。

『海馬亭』ではね、その日の夜は、お銀さんのうちで過ごすのが、毎年のことになっていて、トランプをしたり、おしゃべりしたり、猫足のこたつでみんなで楽しく過ごすのです。それでね。ごちそうが出るんです。大きな鉄の鍋《なべ》で、すきやきをして、そのあとにうどんすきをして。そのうどんが年越しそばならぬ年越しのうどんなの。年が明けると同時に、港の船がみんな汽笛を鳴らして、それを合図に花火大会が始まって。花火を屋上で見てから、みんなで初詣《はつもうで》に行くのよ。

みんな、その日を心待ちにして待っていたんだけど、今年の暮れはそのほかに、打ち上げの気分もありました。ほら、玲子さんのゲームが今のところ順調に進んでて。企画会議も無事に通ってシナリオの段階に入ったの。それでお祝いの打ち上げ。玲子さんが、「これだけ変わったキャラクターが身近にいるのに、使わないのはもったいない」とかいって、『海馬亭』のみんなをゲームに出しちゃったので、何だかみんな、よけいにうれしくてれくさいけどね。

そんな中で、実はわたしひとり落ちこんでいたのでした。ていうのはね、変な夢を見るんです。小さな女の子が、泣いている夢。

どこか暗い暗いところで、汚れた白いレースのドレスを着た女の子が、泣いているの。『お願い、迎えにきて』って。

その女の子を、わたしは全然知らない。当然呼ばれるいわれもない。でもその夢を何度も見るんだなあ。そういうのって、落ちこんじゃうよね？

わたしの気分をよそに、街は年末のムードで盛りあがり、そして、これはいいことだったんだけど、千鶴ちゃんの表情が目に見えて優しくなってきました。

クリスマスが明けた、十二月二十六日。寒空の下、もと〝不良娘〟は、前庭の土を掘り返し、花の球根を植えていました。お銀さんの好きなクロッカスの花で――ほんとは秋植え春咲きの球根だから、いまごろ植えこんじゃいけないんだけど、今回だけ、特別サービス。由布が山の神の力を貸しちゃいます。

「お銀さんにはないしょにしとくんだ。びっくりするだろ？　春になって、いきなり咲いたらさ」

白い息を吐いて、鼻をぴくぴくさせて、千鶴ちゃんは何度もいいました。クリスマスにお銀さんからもらった、きれいなオルゴールのお礼のつもりなのです。たぶんね。

この街には、スイス人のオルゴール職人のおじいさんが住んでいて、大きなショーウインドウのお店で、日がな一日オルゴールを作っているんです。中の機械も手作り、木やガラスの箱も手作りなので、ちょっと高いのですが、でもこの街の女の子はみんな、何かおねだりの機会があれば、その店のオルゴールをほしがるみたいなの。

由布もたまにその店のウインドウをのぞきます。一番のお気にいりは、ふたを開けると中が鏡になっていて、小さな陶器の女の子が踊るやつです。「あれがいいいな」っていつか千鶴ちゃんにいったら、「子どもっぽーい」って、笑われてしまいました。でもだって、ほしいんだもん。女の子は、ふわりとしたレースとオーガンジーのスカートをはいていて白いほおにピンク色の唇で、にっこり笑っているの。とってもすてき。

わたしの趣味はさておき、千鶴ちゃんがもらったのは、薄紫のすりガラスにすみれの花の彫刻が入ったおしゃれなもので、曲は『シチリアーノ』でした。お銀さんも、孫の好みがよくわかってるよね。あの、千鶴ちゃんが、箱を開けてひとめ見たとたん、お礼いったもん。

　ぶすっとして、下向いて、オルゴール持って部屋に帰りかけてもう一回ふり返って、「ありがとう」ってまたいったっけ。それでぱあっと走って部屋に帰っちゃってさ。

「――できた！」

　ぱんぱんと、千鶴ちゃんが土をたたきました。わたしはその土に手を伸ばし、指先だけそっとふれて、目を閉じました。

「何してるの、由布？」

「おまじない。きれいな花が咲きますようにって」

「ふうん」

　本当は、土にわたしの力をそっと、流しこんだの。それで聞いてみたの。球根に。元気かい？　大丈夫かい？　って。〝ＯＫ、まかせとけ〟って、かわいい声が聞こえました。

　よしよし、と思って目を開けると、千鶴ちゃんが隣で、祈るようにして目を閉じているじゃないですか？　わたしはこの子がかわいくなって、頭をぐりぐりしてしまって。

「やだ！　土のついた手で、さわらないでよ！」

　千鶴ちゃん、鼻にしわを寄せて逃げます。

「愛情表現、愛情表現」

「辞退するってば……くしゅん！」

「へくち！」

ふたりで同時にくしゃみをしました。泥まみれの手で鼻のあたりをこすりながら、わたしは首をかしげました。

「——風邪、ひいたかなあ？」

「由布も？　あたしもそうみたい。今朝からぞくぞくするんだ」

「わたしもゆうべから何か寒いんだけど……これって、風邪なのかな？　ひいたことがないから、よくわからなくて」

「ふうん。やっぱり」

千鶴ちゃん、笑います。……こいつは。

腕をさすりながら、『海馬亭』の中に入った時、ふとふり返って空を見あげると、よどんだ色の雲の下を、嫌な色の風が吹いていました。見たこともないような、暗い気分にさせる風が。おおおお、と、女のひとが遠くで泣いているような声が、その時風にまぎれて聞こえたような気がしたのです。


ひどい夢を見ました。

あの女の子の夢じゃなく――でも、もっと、ひどい夢。

わたしの目の前で、『海馬亭』が、燃えているんです。真っ赤に燃えあがって、ガラスが割れて。黒い煙《けむり》を吐いて。中にまだ、みんながいるのに。千鶴ちゃんも玲子さんも純子さんも、リリーさんもお銀さんも、伊達さんも子猫たちも建物と一緒に燃えているのです。

わたしは助けに行きたいのに、どうしても体が動かなくて、みんなのそばに行けないのです。そのうち、『海馬亭』は、わたしの目の前で崩れ落ちてしまって……。

ぼうぜんとして、ふと、気がつくと、街が燃えていました。ごうごうと燃えて、まるで赤い波につつまれているみたいに。たくさんのおとなと子どもと、犬と猫と鳥と木も一緒に燃えているのです。火は空を染めて燃えさかり、やがて、消えました。

誰もいない、灰になった街で、由布はひとりでうずくまって泣きました。こんなことがあっていいのかと思いました。みんなみんな死んでしまって、お店のお客さんが連れてくるかわいい赤ちゃんも、友達ののら猫も――『海馬亭』のみんなももういない、そんな世界で、どうしてひとりきり、生きてゆけるんだろうと思いました……。

純子さんに起こされて、目が覚めました。

『大丈夫？　大丈夫？　由布ちゃん……』

その顔を見たら、夢の続きの涙が、ぼろぼろと出ました。

「よかった、純子さん、生きていてくれたんですね……？」

純子さんは笑いました。

『どうしたのよ？　あたしなら、とっくの昔に幽霊だってば』

あ、そうか。そうだっけ——。

球根を植えた日から、二日たった、十二月二十八日のことでした。わたしは熱を出してベッドに寝ていました。夜中、お銀さんが氷枕を替えにきてくれて、そのあと眠って——夢を見たらしいのです。

『熱、ひどいみたいね。大丈夫？』

わたしは笑って、何も答えませんでした。体が熱くて、目が痛くて。まるで、本当に燃える街を見つめてきたあとみたいでした。死にそうな感じに、吐き気がします。

この熱のせいで、あんな夢を見たんでしょうか？　ならひどいよ。あんまりだ。わたしは目を、汗ばんだてのひらでおおいました。絶望とか、悲しみとか、今も苦しいくらい、心の中によみがえります。

夢なのは——夢ですんだのは、よかったんだけど。

わたしは、背中できしむ古いベッドのスプリングの音を——ほこりくさい部屋の匂いを涙が出るほど懐かしく、愛《いと》しく思いました。

『何か、大変ね。みんな寝こんでるんだ』

心配そうに、純子さんがいいました。

そうです。千鶴ちゃんもリリーさんも玲子さんもです。玲子さんは、「今年の冬は風邪ばかりひいてる気がする」とかいって、それでも仕事をし、千鶴ちゃんは思いきり病人になって、お銀さんに甘えています。伊達さんもお銀さんも何か熱っぽそう。子猫たちまでくしゃみをしていたっけ。

とにかく、暮れのこの忙しい時に、『海馬亭』の住人はみんな風邪をひいているのでした。そうして一番ひどいのはこのわたしなのです。

純子さんはそのあとしばらくの間いてくれて、わたしは少し眠りました。

明け方、目が覚めた時、吐き気がおさまった代わりに、今度は体が震えてきました。指も顔も熱いのに、どうしてこんなに寒いんでしょう？　病気って、実はけっこう憧れてたんだけど、やっぱり健康が一番だなあと、由布はしみじみかみしめていました。

熱いお茶がとても飲みたくて、わたしは綿入れをはおると、部屋を出ました。一階の湯沸かし室までたどりつけば、お湯もお茶も、手に入るのです。わたしは砂漠《さばく》を旅する旅人のゾンビのように、廊下をふらふらと歩きました。

エレベーターを呼んでいる間、ふと、ふり返ると、ひどく寒気がしました。風邪のせいだけじゃなく、そこに五〇一号室があったから。暗がりをまとうように影になったその扉の向こうには、おとといやってきた、この『海馬亭』のオーナーが眠っています。

あの部屋のことを思うたび、由布は怖くなります。わけもなく、気味の悪い、嫌な予感がして。あのひとは死神をつれてここにやってきた——そんなふうにさえ思える不吉な予感がして。あのひとがここにきてから、みんなの風邪がよけいに重くなったような気がするのは、わたしの気のせいでしょうか？

お銀さんは、年上の親友だというそのひとのことを、〝優美子《ゆみこ》さん〟と呼んで、病気の療養にきたのだからと、大事にあつかっているけれど、でも、前にお銀さんに見せてもらった、まだ若くてホテルをしていたころのそのひとの写真と、一度ちらりと見た今のそのひととでは、まるで別人みたい。静かにベッドに横たわったきりのそのひとは、こういういい方をしていいのかどうかわからないけれど、純子さんより死に近いような気がします。

エレベーターを降りて、一階の暗い廊下に出ると、ホールに誰かいるのが見えました。奥のカウンターのそばに、誰かが立っているのです。こんな時間に誰だろう——？　と思って近づくと、それは、華やかなスーツを着た老婦人——〝優美子さん〟でした。

しんとして冷たい、冬の朝の空気の中で、セピア色の薄い闇に溶けこむように、そのひとはひっそりとうつむいていました。ふと、顔を上げました。

『あら、こんばんは。それとももう、おはようかしら？』

さがり気味の白い頬で笑うそのひとの姿は、あたりが暗いという理由からだけではなく、何とはなしに影が薄いのでした。幽霊です。

一瞬言葉を失い、それからたずねました。「あの……ひょっとして、今朝方《けさ》、お亡くなりになったんですか——？」

できたての、幽霊。初めて会っちゃった。

でも、そのひとはほほえんで、わたしに何かいいかけ——と、その時、外からはずむような足どりで、ただいまあ、と元祖・幽霊の純子さんが帰ってきました。

老婦人を見るなり、一言、

『あ、幽霊——！』

そのひとは、破顔一笑《はがんいっしょう》。

『いえ、まだなんですよ』

そういって、足元から、何か銀色のひものようなものをたぐりよせて見せました。ずうっと階段の方に向かって伸びているそれは——どうやら、肉体と霊体をつなぐ、あの糸のようでした。と、いうことは……。

『わたくしね、まだ、生霊《いきりょう》なんですの。早く楽になりたいわ。これちぎれたらなれるんでしょうねえ、きっと』

ぐいぐいとひっぱって、ああ！　面白そうに笑いながらそんなことしないでください！

私は頭を抱えてその場にしゃがみこみました。

『オーナーの方ですよね？　竜野《たつの》優美子さん！　すごいなあ。一度お話ししてみたかったんです！　夢みたい！』

目をうるうるさせているのは、純子さんです。手なんか握りしめちゃって。

『最高ですよね、このホテル！……あ、あたし、丘野純子っていって、ここに四十年ばかり住まわせていただいてるんです。あの……この建物があるっていうことが、あたしにとっては、どんな宝石を持ってることよりもすばらしいことなんです――！』

『詩人のようなことをおいいになるのね』

『あたし、童話書いてるんです！』

『まあ！　わたくしもメルヒェンは好きですのよ。アンデルセンなんかとても好きで、いくつかのお話は出だしをそらんじているほどですのよ』

『あたしも、一番好きなのはアンデルセンなんです！　あと、賢治《けんじ》とか』

『宮沢《みやざわ》賢治！　最高ですわよね！』

ああもう、勝手に、意気投合してくださいよ。わたしはよろよろと湯沸かし室にたどり着き、湯沸かし器に火をつけました。

少し生き返って、帰ってきてみると、くだんのふたりは、まだ盛りあがっていて、純子さんは、優美子さんから、昔話を聞きだそうとしていました。

『こんなすてきなホテルを経営なさっていた方が、どういう人生をたどられたのか、ぜひお聞きしたいんです。童話の参考にもしたいし――』

老婦人もまんざらでもない様子でした。でも、ホールの時計が、その時六時を告げました。優美子さんは残念そうに手をあわせました。

『また、今度にしましょう。みなさんが起きてきてしまいます。わたくしは銀子さんが部屋に訪ねてきてくれる前に、また病人に戻らなきゃいけないんですから』

純子さんが少し唇を尖《とが》らせました。優美子さんはほほえんで、

『あなたとお話しできて、とても楽しかったですわ。死んだら楽にはなれても、ひとりぼっちになるのかと思ってましたけど、あなたというお友達と、いつでも楽しくお話ができるようになるんですねえ。よかったわ。ああ早く楽にならなくちゃ！』

純子さんは一瞬うれしそうな顔をして、それから、そっとうつむきました。老婦人はかけていたソファから立ちあがると、優雅な仕草《しぐさ》で伸びをしました。

『ああまた、重い体に帰るのね……』

おやすみなさいとわたしたちにほほえみかけて、そのひとはゆっくりと階段を上がっていきました。

次の日の午後、わたしは『海馬亭』を出ました。お散歩です。寝こんでるから病人なんで、外の風にあたったら、元気になるんじゃないかと思ったんだけど、甘かった。具合が

悪い時は、どうしたって悪いのよ。

　鼻水すすりながら歩いていると——道路沿いの土手に、見慣れた後ろ姿が立っていました。伊達さんでした。流れる川の方を向いて何だかぼうっとしています。そのうち冬枯《が》れの草の中に、座りこんでしまって。

(どうしたんだろ?)

「伊達さん——」

　声をかけると、そのひとは、一瞬、まるでわたしが誰かわからないような表情で立ちあがり、わたしを見つめました。それから、ゆっくりと、気弱そうな笑顔になって、

「散歩ですか?　風邪はもういいのかな?」

　ええまあ、なんてごまかしながら、そのひとが見ていた方を見ました。川は冬のにぶい太陽の光を受けて、灰色と銀色にうねりながら流れ、低い音の響きであたりの空気を震わせています。風が冷たい。遠くの空に、妙音岳がかすんで見えました。峰《みね》の上に雪を光らせて、空に浮いているみたい。ここからだとまるで、別の世界のように見えました。

「……由布ちゃん、わたしはね。自分が誰なのかわからないんですよ」

　ふいに、伊達さんがいいました。

「?　だって——伊達さんでしょう?」

　そのひとは笑いました。深く澄んだ目の奥で、苦しみの色がゆれていました。

「十年前の冬――すぐそばのその道路で、交通事故があったんです。通りすがりの小さな女の子を助けようとした男が車にはねられて、この土手まで飛ばされた。女の子は無事に助かりましたが、男はそれきり過去の記憶を失ってしまった……。その男がわたしです」

川の音が、どうどうと耳につきささるように響いていました。

「わたしは通りかかった診療所の医師に救われました。その老医師は気骨のある、けれど優しい人物でした。かつては大きな病院にいたこともあったのにそこをやめ、ひとりで、港で働く労働者や出稼ぎの外国人たちのために、診療所を開いていたんです。

記憶を失ったわたしは、先生のところにおいてもらい、先生の仕事を手伝ったり、港の仕事をしたりしながら、自分の過去を捜そうとしました。〝伊達〟というのは伊達男だからと当時の仲間がつけてくれた名前です。

街を離れるわけにはいかなかった。何も思いだせない以上、事故にあった時、この街にいた、ということだけが、わたしと過去をつなぐ糸だったからです。しかし何も思いだせないまま、二年が過ぎ三年が過ぎ。五年目に、先生が亡くなりました。

わたしはゆき場をなくして、街をさまよっていました。その時、たまたま『海馬亭』を見つけ、レストランに食事をしに入ったんです。ほんの偶然でした。そこでピアニストをさがしているという話を聞いて、ふと弾けるような気がして、鍵盤にふれてみたら、弾けたんです。

わたしはそうして、『海馬亭』に住むようになりました。——しかしわたしは、記憶をなくしているということを、もう誰にもいいませんでした。五年間捜して、捜しつづけてきたそのことに——希望を持つということに、疲れはてていたんです……」

伊達さんはつらそうに笑いました。

「時々何か思いだせそうになるんです。誰かに呼ばれているような気がする。帰ってこいと。——たぶんわたしにも家族がいて、そこに帰りたいんでしょう。家族たちも、待っていてくれるのかも知れない。でも——家がどこにあるのかわからないのです」

風が、音をたてて吹いてゆきました。

「わたしにもひょっとして、由布ちゃんのような娘がいて、今ごろどこかの街で捜してくれているとしたら——そう想像するとたまらなくなります。その子のことが思いだせるなら、わたしの方が捜しに行くのに。

由布ちゃんがここへきてから、いつもそんなことを考えていました——」

でも伊達さんは左ききじゃない……そうつぶやきながら、わたしはぼんやりと街を歩き、『海馬亭』に帰りました。ホールでお銀さんとすれちがいました。お銀さんはひとりごとのように、わたしにいいました。

「花が枯れるんですよ、花が。もちがとても悪いんです。どうしてかしら？」

それはわたしも感じていました。お店の花だけじゃない、町中の花や木が、生気がないのです。さっき通りすがりに見た街路樹も、公園の花壇《かだん》も、そうでした。花も木も、『気分が悪いよう』『どうしてなの？』と、かすかな高い声ですすり泣いています。

具合が悪いのは、植物ばかりではありませんでした。ひとも動物も元気がないのです。風邪は『海馬亭』でだけ流行っているのかと思っていたのに、今日街を歩いてみたら、あちこちでせきをするひとを見かけました。顔なじみののら猫たちも、商店街の陰で力なくうずくまっていました。

これは何か変です。でも、今のわたしは、わたしは——。

伊達さんの部屋を訪ねました。ずいぶんなかよく話していたのに、考えてみればそのひとの部屋を訪ねるのは、これが初めてでした。

伊達さんは、部屋に帰っていました。午後の光の中で、右手で小鳥にパンくずをあげていました。寒いのに開け放した窓には、すずめもはともしじゅうからも、集まっていて。よくきてくれましたねと伊達さんは、さっきの暗い表情がうそのように、笑顔でわたしを迎えてくれました。

「ちょっと待ってくださいね。食べるのが遅いすずめが一羽、いるんです。あのちびが、もう少し食べてから……」

初めて話した時も、伊達さんは小鳥と一緒でした。朝の公園で、まるで小鳥を使う魔法使いのように、鳥たちに囲まれていた男のひと。優しい表情に、つい話しかけたら、それがすてきなピアノを弾いてくれていたひとだとわかって、すごくうれしかった。

父さんが、古い童話の本のうしろの方に、青いインクで、〝誰かの幸せのために生きられたらどんなにいいだろう!〟って、書いてたでしょう? ひとりごとみたいな言葉。〝見返りを求めることなく、ただ通りすがりの誰かのためになにごとかをなして、気づかれずに去っていくような。そんな生き方ができたら〟って。

わたし、伊達さんならその言葉が似あうと思った。いつも、思ってた。


かすかな煙草《たばこ》の匂いがする部屋は、男のひとの匂いがしました。白い壁には、ローランサンの、腕をむきだしにした、花のような女の子の絵が、パネルにして立てかけてありました。あとは飾りもなく、床と本棚にたくさんの本が積んであるだけで、不思議なほど、きちんと片づいている部屋でした。サイフォンで、ことことことと伊達さんはコーヒーをたててくれました。

湯気の向こうにそのひとの笑顔が見えて、その向こうの本棚に、オルゴールがひとつ、置いてありました。それはまるでモザイクの細工のように見える、木の箱のもので——どうやら、一度壊れたオルゴールをていねいにつぎあわせて直したもののようなのでした。

それは、と聞くと、伊達さんはオルゴールのことを話してくれました。中の機械だけは、もう直しようがなく、二度と鳴らなくなったオルゴール。十年前事故にあった時、伊達さんはこのオルゴールを持っていました。意識を失いながらもオルゴールが入った箱だけはけして離さなかったのでした。

「リボンをかけた箱でした。一体誰にプレゼントするつもりだったのか……。でも壊れてしまったから、もう、誰ももらってはくれないでしょうね」

さみしそうに、伊達さんは笑いました。

わたしは、伊達さんにいいました。

「そのオルゴール、見せてください……」

あちこちかけらが足りなくて、穴が開いているオルゴール。キイキイと音が鳴るふたをそっと開けると、中は一面、銀色の鏡が張ってあって。ああ、これはたぶん、あの陶器の人形が踊るオルゴールです。でも、人形はそこにいませんでした。鏡の上には金色の文字で――〝愛をこめて〟。

わたしはオルゴールをそのひとの手に返すと、部屋を逃げるように飛びだしました。

自分の部屋に帰り、扉を開けて閉めると、わたしはバッグから父さんのスケッチブックをとりだしました。薄緑色の厚紙の表紙が、汚れてゆがんでいる、古いスケッチブック。

わたしはそれを抱きしめて、いつまでも冷たい木の床に座っていました。午後の日ざしが白く、窓から差しこんでいました。

姉さん。そのとき、わたしが伊達さんに、『ひょっとしたら……』と、いわなかった気持ち、わかってくれますか？　本当に右ききなんですかって、確かめなかった理由を。

由布は、怖かったんです。

姉さん。今まで姉さんにはいわなかったけど、手紙には書かなかったけど、わたしはいつも父さんを捜していました。いつもいつもこの街で、時間さえあれば、人混みの中を歩き、方々《ほうぼう》を訪ねていました。アスファルトの上をくつで歩くのに慣れていないものだから、最初のころはよく足にまめを作って、痛い思いをしました。だめだとわかっていても、何度も心を澄ませてみたりもしました。

必死で捜しました。でも、あのひとは見つからなかった。なのに、母さんが帰ってくる二月はどんどん近づいてきます。わたしは正直いってすごく焦《あせ》っていました。疲れていました。ときどきは夜も眠れないくらいに。――考えてみれば、『海馬亭』のみんなはともかく、このわたしが病気になんてなったのは、その疲れのせいだったのかも知れません。

姉さんが、この間、〝無理しないで〟って、手紙くれたでしょう？　内心、どきっとしたのです。本当は、ね。

ねえ、姉さん。もし伊達さんが、お父さんだったら。そしたらどんなにすてきでしょう。姉さんも、そう思うでしょう？　たとえば、事故の時のケガのせいで、それできき腕が左から右に変わったのかも知れない。そんな物語が、どこかになかったかしら？

もし、そうなら――そうなら本当に、あのひとが父さんかも知れない。

でも――そうじゃなかったら？

わたしはベッドにもぐりこみ、そのままぎゅっと目をつぶって、無理やり眠りました。

また、あの女の子の夢を見ました。迎えにきて、と、女の子は泣いていました。どこか知らない暗いところで――。


夜。目が覚めると、小さな土鍋に入ったおじやが、コーヒーテーブルの上に置いてありました。あついお茶の入った魔法瓶といっしょに。わたしはお茶をのみ、そして土鍋のふたをあけて、少しだけ、いただきました。

枕元の時計を見ると、十二時。お銀さんはもう眠ったかしら？　電気スタンドの、布のかさを通した灯りが、ぼんやりとわたしの手を温めるように光っていました。

お向かいの部屋の扉が、開く気配がしました。気がつくと、銀色の糸を引いた老婦人が、すうっとそこに立っていました。

『おかげんはいかが？』

「――まあまあです」

そう、と心配そうにほほえむそのひとは、本当は自分の部屋で、もう命がないような様子で横たわっているはずなのでした。

『由布ちゃん、元気?』

今度は窓から、ガラスをとおりぬけて、ひょいっと、純子さんが現れました。先客に気がついて、驚いたように笑って、それから本格的な笑顔になると、

『あの——よかったら、お話の続きを……』

ええ、と、優美子さんはほほえみ、けれどわたしの方を見ると、

『でも、ここではね。風邪ひきさんに、悪いわ』

「ここでいいですよ。ここにいてください。今夜はひとりではいたくない気分なんです」

わたしは笑うと、布団に、もぐりこみました。肩まで入って、

「——はい、どうぞ!」

『それじゃあ……お言葉に甘えさせていただいて』

優美子さんは、いすに腰かけると、少し上の方を見あげ、そして、話しはじめました。

『海馬亭』の歴史と、そして自分のこれまでの人生を。

それはとても面白く、すばらしい、波乱に富んだ物語でした。明治、大正、昭和——風早の港の、開港と共に、小さく平和だった村々は町になり、やがては都市になり、ひとびとの暮らしも変わっていきました。そんな中で、大正の初めに生まれた少女・優美子さんは、歴史ある『海馬亭ホテル』の跡継《あとつ》ぎ娘として誇り高く育ち、若くしてオーナーとなり、台頭《たいとう》してきた軍部のひとびとを上手にあしらいながら、反戦活動家をかくまったりして

（このへんのくだりは、冒険小説の女傑《じょけつ》のお話みたいで、すごく面白いので、また今度じっくり話すね）戦中戦後の混乱期を乗りきったのです。

『つらいことは多くありましたけれど、あの八月の風早の空襲の時が一番つらかったですねえ。港を中心に、街の、とくに西側がぐるっと焼けてしまって。外国のひとたちに優しかった街に、これはないと思いましたもの……』

優美子さんはため息をつきました。

空襲の話は、わたしたちも、今は遠くの山に引っ越したおばあさまから聞いたことがありますよね。街が焼けて何にもなくなったって。たくさんのひとが死んだって。おばあさまにも何もすることができなかったって。

わたしは、街が燃える夢のことを思いだして、ぶるっと震えました。

『あの空襲の時、川のそばの丘を中心に、街のはずれのこのあたりだけが、焼けずに助かったのは、奇跡としか思えませんでしたわ。まるで何かの魔法のようでした。……わたしは神様に感謝して、そして戦後も、こうして死なないですんだのですもの、がんばったんですわ』

『そうして、ホテルをまた盛り返し、続けられた……』

『ええ。それから体を壊してしまって――わたくし、結婚しませんでしたから、跡継ぎもおりませんで、しかたなくホテル業もやめましたけれど。でも建物が、ひとがいないとさみしがりますもので、こうしてみなさまに住んでいただいているのですよ』

ほう、と、ため息をついて、純子さんは優美子さんの顔を見つめていました。じゅうたんの上にぺったりと座っている彼女は、すっかり夢見るようなまなざしでした。

『あの、少女時代のお話とか、もう少しくわしく、話していただけますか？　ご両親のお話なんかも、うかがいたくて』

優美子さんの表情が曇《くも》りました。

両親は……と、いいかけて、いいよどみ、そして、首をふり、顔を上げました。

『お話ししましょう――』

優美子さんは、ほほえみました。

『別に隠すようなことじゃありません。それにわたくしもたぶん、もうじきひとと話せなくなってしまうのですし、その前に、父の話も、誰かに伝えておいた方がいいのでしょう――』

〝父〟――その言葉は、今のわたしの胸にずしりと響きました。

優美子さんは、少しずつ、言葉を紡《つむ》ぎだすようにして、話しはじめました。

『父は……ホテルの跡継ぎ息子でしたが、本当は絵の才能を持っていて、画家になるのが夢だったのです。ただ父は気が弱すぎて、両親にそう切りだすことができなかった。自由な家風の家でしたから、そうしたらもしかして、希望がかなったかも知れなかったのにです。父はいいなずけだったいとこの母と、何もいわないまま、結婚しました。そのことが――もし若いころ、道を貫こうとしていたら、という自分を責めて嫌う気持ちが、思えば父を、不幸にしていったんです――』

純子さんがふと、つぶやきました。

『ホールの、風景画……』

優美子さんはほほえみました。

『ええ、あれは父の絵ですわ。R・TATSUNOとサインがありますでしょう?』

それは小さな、でも美しい絵でした。今は使われていないカウンターの奥の壁に、ひっそりとかかっている絵。川のそばの、夏にはクローバーが一面に咲くという丘の上から、風早の街を見下ろした絵でした。優しいタッチで、家々が写しとってあって。まるで窓やドアから、今にも誰かが顔を出しそうな、そんな生活感や街への愛情に満ちた絵でした。色彩ににじみでるあたたかさが、わたしたちの父さんの絵に似ていたかも知れません。

『不幸になった、って――』

純子さんが、ためらいながら、聞き返しました。優美子さんはそっと指を組みました。

『母は明るいひとでしてね。何よりも、もともとこのホテルが好きでお嫁にきたひとでしたから、ホテルの仕事に簡単になじんだんですの。気弱でおとなしい父より、よほど仕事にむいていて。そうすると、父はもうすることがなくて。自分の部屋に引きこもって、絵ばかり描いているようになって。そうしてある日——家を出てしまったんです。わたくしが十の時のことでした』

深いため息を、優美子さんはつきました。それから何かいおうとして、口を閉じ、でもやっぱり、と話し続けました。

『父は……本当に繊細な、神経の細やかなひとでした。今でいう、ESP《イーエスピー》——超能力のようなものまで、持っていたんです』

『超能力？』

『さいころの目をあてるとか、トランプの数をあてるとか。そういうのは簡単な方で、ひとめ見ただけで、ひとの氏素姓《うじすじょう》をあてたり、夢で未来の世界を見て、わたくしたちに話してくれたりもしましたわ。でも、じきに人間が月に行くとか、鳥のような形の宇宙船が飛ぶとか、子どものころのわたくしや、母にはまるで信じられなくて……笑って聞いていたのですけれど、今思うと、父は真実を見ていたのですね……。

わたくしたちが笑っても、父はひっそり自分も笑って、自分の部屋に戻るだけでした。——ああ、でも、仕事に疲れた母が一度何かしらひどいことをいって、父を怒らせたら、部屋の中に炎が降ってきたことがありましたっけ』

『炎が——？』

『ええ。大体父には、ものに火をつけたり、手を使わずにドアを閉めたりする力もあって

――どこまで、どんなことができるのかは、父にもわかっていないようでしたが』

『……』

『……父は家を出たあと、その力を見せ物小屋のようなところで使いながら、生きていたらしいのです。昭和に入って、わたくしが女学校に通うようになったころ、父は誕生日のお祝いを渡したいといって、わたくしをたずねてきました。……でも、ホテルの裏口に、ぼろをまとった格好で現れた父を見た時、わたくしは、会いたくないと、いってしまいました。〝今忙しいのなら、夜、クローバーの丘で待ってるから〟といった父を、ふり返ろうともしませんでした。

雪さえちらついたような、寒い冬の日のことでした。父は……翌朝、丘で死んでいました。眠ったまま死んでいたのです。ぼろきれに大事につつんだ街の絵を、胸に抱いていました。それがわたくしへのプレゼントだったのです。

わたくしは初めて、ひとの心をとりもどして泣きました。小さいころ、父に首飾りを編んでもらったクローバーの丘で……。子どものころは――小さかったころは、優しい父があんなにも好きで、花を編む器用な指を持っていた父を愛していて。たくさんの童話をそらんじている父を尊敬していたのに。あんなにも好きだったのに……』

優美子さんは、唇を震わせていました。指を組みあわせ、祈るようにしていいました。

『あの時、父を訪ねていかなかったことが……たぶん父をさみしい思いの中で死なせてしまったということが、わたくしの生涯で、ただひとつの悔いなのです。父はほほえんで死んでいましたけれど、本当はどんなにつらかったことでしょう。どんな思いで、来ないわたくしを待っていたのか……』

夜はもうしらじらと、明けていこうとしていました。

ひどい気分で目覚めました。カーテンを透かした日の光が嫌によそよそしく見えます。疲れた頭の中は混乱していて、家を出たお父さんに冷たく会わなかったのは、自分の記憶だったような気がしていました。

「由布！　起きなよ！　大みそかだよ！」

その時、ドアをばたんと開けて、マスクをした千鶴ちゃんが、もごもごした声で叫びながら駆けこんできました。『海《うみ》』と『空《そら》』——二匹の子猫も一緒です。ベッドの上に、ひとりと二匹が、どーんと乗っかりました。

「……大みそか？」

わたしが聞き返すと、千鶴ちゃんはわたしの顔をのぞきこみ、マスクをひっぱって、

「すきやきにうどんすきだよ。それに花火大会！　忘れたの？」

歌うようにいいました。

「しっかりしてよ、由布。ゾンビみたいに生気ないじゃん？」

いいよねえ、お子様は。風邪ひきでも元気があって。わたしはこほこほとせきこみました。時代劇に出てくる、長屋の病気のお年寄りになった気分だわ。まったく。

「ねえ、由布。大丈夫かな？」

千鶴ちゃんが聞きました。

「……わたしの風邪なら、全然だめ」

「そうじゃなくて、クロッカス！　街の花がこのごろ何だか枯れてるでしょう？　悪い病気でも流行ってるんじゃないのかなあ？　クロッカス、ちゃんと咲くと思う？」

わたしは天井を向いたまま、しばらくまばたきをしていました。そっかあ。そっちをほったらかしにしていたんだ――。

のそのそと立ちあがると、わたしは着替えの服をさがしました。とりあえず、そっちから何とかしよう。難しいことはあとまわしにして。そっちが簡単かどうかはわからないけど。


コートを着こんでマフラーをぐるぐる巻いて、わたしは、この街の〝土地の司《つかさ》〟を訪ねました。土地の司――つまり、このへんの土地の守護精霊を訪ねていったわけです。街に異変があるのなら、その精霊が事情を知っているかもしれないと思ったので。どこにいるかは知っていました。きてすぐに気がついて、あいさつにいかなきゃ、と思いながら行きそびれていたから。絵にも描かれていたあの丘の上です。この風早の街の土地の守護精霊は、樹齢《じゅれい》数百年のしだれ桜の木でした。

どんよりと曇った空の下、丘には、嫌な響きの風が吹きわたっていました。冬枯れの草たちが、ため息をつくようなようすで風になびき、その中に一本立っている桜の木は、まるで不吉な昔の絵の中の木のように、よじれた姿で、枝を風に鳴らしていました。

ふり返ると、すぐそばには、昨日伊達さんと話した、あの土手があります。わたしは首をふって、桜に呼びかけました。

「もしもし——こんにちは……」

薄紅色の長いそでの着物を着た女のひとが、桜の木の前に、すうっとうつむきかげんに現れました。何だか、不健康そうな精霊です。

本体の木の方も、ぼそぼそとつやがなく見えました。いくら古いしだれ桜だといっても幹全体がぐんにゃりと折れまがり、倒れかけているように見えました。

『これは山姫《やまひめ》のお嬢様。こんなところに、どうしていらっしゃるんでしょう……？』

一生懸命笑顔になろうとしているけれど、しゃべるのもたいぎそうです。

「あのう、実はね。街が今、変でしょう？　それで原因をご存じないかと思って……」

ああ、と精霊は笑いました。

『それならわたしが、死にかけているからです』

ええぇ？　わたしは絶句しました。土地の司が死ぬ――いなくなるということは、その土地が死ぬということを意味します。

水はよどんで枯れ、風は止まり、緑は育つことをやめる――そんな土地では、どんな生き物もけして生きてはいかれません。街がもしそこにあれば――その街は、やがて消えてしまうでしょう。人間がうっかりしてその土地の精霊の命と力を奪ってしまい、土地の魂を殺して、みずからの街を滅ぼしたことが何度もあるのだと、母さんがいつか、いっていましたね。

「どうして？　まだ、早いでしょう？　あなたたち土地の司は、千年単位で生きるんじゃなかったの？　それで次の精霊に役目をまかせて、やっと寿命が……」

『ふつうはそうなんです――』

精霊はうつむきました。

『でもわたし、昔、無理をしまして。それがどうやらたたっているんです。あの時はしかたがなかったんですが……。そうしてよかったんだと、今も思っているのですが……』

「あの時って――？」

『あの、街が燃えた日です。わたしはひとりの男の願いを、かなえてやったのです。その男の力を借りて――』

そしてわたしは、ひとつの物語を聞きました。それは誰も知らない奇跡の物語でした。

『海馬亭』に戻ったわたしは、五〇一号室を訪ねました。優美子さんは眠っていました。深い――深すぎる呼吸をして。わたしはそのそばに立ち、そして呼びかけました。

「優美子さん……お父さんは、さみしく亡くなったわけじゃなかったんですよ」

老婦人のまつげが、ぴくりと動きました。

「お父さんは亡くなったあの日、丘であなたを待っていた時に、未来を予知したんです。あそこは特別な場所で、そばに精霊の木があったから、よけいに感覚がとぎすまされたのかも知れません。……お父さんは幻視《げんし》の中で、十数年後の未来に、風早の街が火につつまれる情景を見たんです。――お父さんは、苦悩しました。そんなことを誰にいっても信じてくれないでしょう。でもきっと、このままだと、戦火の中で街は滅びてしまう。たくさんのひとが死に……『海馬亭』も焼け、優美子さんも死んでしまうだろうと。

お父さんは祈りました。念じました。みずからの命を捨ててもいい、この街を守りたいと。ひとびとを助けたいと。誰か助けてくださいと。……ふつうなら、その願いはかなわなかったでしょう。でも、優美子さんのお父さんは超能力者でした。そして願い事に応うたれ、かなえてやろうとした精霊が、そこにいたんです――」

死のまぎわ、そのひとは、修正された未来の幻を見たでしょう。成長して美しくなった自分の娘の姿を。平和になった街を。ひょっとしたら、今のもうホテルではなくなったけれど、楽しいひとびとが住む『海馬亭』も、見たかも知れません。だからそのひとはほほえんでいたのだと、わたしは思います。

けれど、山の神でさえ何もできなかったほどの大きな災いを、土地の司の精霊とひとりの人間との力で防げるはずもなく――風早の街は、その港のそばのあたりは、丘のまわりのほんのわずかな土地だけを残して、燃えてしまったのでした。そして精霊はひどく傷つき、今、その命の時を、終わろうとしているのです。

「優美子さん。お父さんは、幸せな思いで死んでいったんですよ」

老婦人の、ろうのような頰をつたって、耳の方へと、涙が流れました。

わたしはそっと、部屋を出ました。優美子さんの背負っていた死神は、もう何十年もかけて、あのひとが自分の命を与えて自分で育ててきた、そんなものだったのかも知れないと――わたしは思いました。

エレベーターで降りると、ホールのところで、買い出しから帰ってきた玲子さんに出くわしました。

「どこ行くの？　熱はどう？　八時からすきやき始めるよ！」

自分も少しせきこみながら、でも、くったくのない、いつもの笑顔でした。

「玲子さん――」

ちこめはじめていました。

わたしは笑って、背中から、回転扉をくぐりました。ふり返ると外は夕暮れて、闇がた

「あの、ちょっと、行ってきます。すきやきまでには、絶対帰りますから……」

そういった笑顔を、忘れるまいと思いました。

「あたりまえよお。すごく楽しい！　毎日、生きてるんだなって、実感してる」

「シナリオ、進んでます？」

「何？」

大みそかの商店街には、きらきらと灯が灯っていました。その中をわたしはひとり、うつむいて歩きました。

街をはずれ、川沿いの土手の上に立って、わたしはきた方をふり返りました。

夜の街が宝石のように見えます。遠い日、あの宝石を、優美子さんのお父さんも見ただろうか、と思いました。

「土地の司――」

呼びかけると、精霊は、ほっそりとした姿を現しました。

『本気ですか？』

一言たずねました。

「ええ」

『街のひとつぐらい、消えてなくなってもかまわないのでは？』

　ひっそりと、精霊がいいました。

「燃える街を救おうとした誰かさんが、よくいいますね」

　わたしが笑うと、精霊も笑いました。

「じゃあ、いくよ」

『――はい』

　わたしは桜の木に、手をかけました。その時です。

「何してるんですか？　由布ちゃん」

　現れたのは、伊達さんでした。

　ああっ！　もうっ！　何だってこんな時にっ！　あまりのバッドタイミングにうろたえていると、伊達さんはきょろきょろとあたりを見まわして、

「――今、誰と話していたんですか？」

　たしかに誰かがいたような、というような目で、桜の精がいたところを見つめました。

　彼女はすうっと、木の中に消えていたのですが。

「……いえ、その、ひとりごとを」

　いいわけしながら、へえ、伊達さんて妖精が見えるひとだったんだと思いました。そう

いえば、純子さんも、伊達さんとはたまに目があうような気がする、なんていってましたっけ。何か、うれしいな。

　伊達さんはにこっと笑いました。

「みんな心配してましたよ。由布ちゃん、風邪が治りきってないのに、どこに行ったんだろうって。ちょうど通りかかってよかった。さあ、帰りましょう」

　わたしと一緒でないと、ここを動かないつもりのようで。わたしはため息をつき、覚悟を決めました。見られちゃっても──もう、しょうがない。いいや。

「伊達さん、わたし、今から仕事をしますから、それがすむまで待っててくださいね。すきやきの八時までには、終わらせるつもりですから」

　運がよければの話ですが。最悪の場合、二度とごはんが食べられないはめにおちいるかも知れないけれど。でも、その前に一言。

「伊達さん──もし、あなたが、わたしのお父さんだったら、どんなにすてきだろうといつも思っていました」

「……」

　わたしはもう一度、桜の木に指をかけ、そして、肩を押しつけました。

「せーえのおおおおっ！」

　ばきばきばき。木が音を立てながら持ちあがり、姿勢をもちなおしていきます。ばらばらと土が落ち、枝がゆれ。そうしながらわたしは、全身から、木にわたしの力を流しこんでゆきました。わたし自身の生命の力を。

木が完全に立ちあがった時、幻の白い嵐が丘の上に吹き荒れました。それはわたしから流れだし、桜の木へと流れこみ、枝の先からあふれだした、生命の力のまきおこす風でした。風はうなり、わたしの髪をまきあげ、そしてやがて、桜吹雪《ふぶき》になりました。精霊の木が花をつけ、雪のように花びらを散らしているのでした。

『ありがとう——ありがとう』

薄紅色の精霊は、わたしを一瞬抱きしめると、花ざかりの枝の上に立ち、髪を広げ、そでをなびかせて、歌を歌いました。鳥のようなその声は、夜の空を渡り、はてしなくどこまでも響いていきました。それは生命の歌、大地をことほぐ精霊の祈りの歌でした。

（ＨＰ０《ヒットポイントゼロ》。〝せんとうふのう〟だよ……）

散る花吹雪の中で、ばったりとわたしは地面に倒れました。ゲームオーバーになった時のゲーム画面が頭に浮かんだりして。

（誰かエリクサーをちょうだい。回復呪文《じゅもん》をかけて。ケアル、ホイミ、ゲンキ——何でもいいからさ……）

わたしはすきやきを食べに行きたいんだ。うどんすきして、花火見て、初詣に行くんだから……。

熱が上がったんだか下がったんだかわかんないくらい寒気がします。でもとにかく起きあがろうとしてじたばたともがきました。

指先がふと、何かにふれました。引きよせて見ると、小さな人形でした。桜の根元に埋もれていたものが、今ので出てきたらしいのです。土で汚れた陶器の人形に、なぜか見覚えがあって——。あ、と、わたしは叫びました。夢の女の子！　あの子でした。そしてそれは、オルゴール屋さんのウインドウに飾ってある、踊る人形のオルゴールの、あの人形のようにも思えました。でも、その人形だけがどうしてこんなところに——？

「こんなところにあった……」

誰かの手が、そっと人形を手にとりました。伊達さんでした。伊達さんはわたしの体を、優しく抱えおこしてくれました。

「ずうっと捜していたのに、どうしても見つからなかったんだ……」

親指でそうっと、人形の顔の汚れを落としました。ほほえんで、いいました。

「由布ちゃん……」

「はい」

「ぼくは昔、ちょうど今と同じようにして、あるひとから命を吹きこまれたことがあります。冬山で死にかけていたぼくは、そうして命をとりもどすことができた」

「はい」

「何もかも思いだしたよ。それで君は、ぼくの赤毛のちびすけなんだね」

「ちょっとばかりとうがたちましたが、はいそうです」

わたしたちの上で、桜の花びらが、祝福するように、いつまでもいつまでも舞っていました。


伊達さんと一緒に『海馬亭』に帰って、実はこのひとが――と、みんなに話した時の、お銀さんの一言が忘れられません。

「それじゃ伊達さんが、由布ちゃんの放蕩者のお父さんだったわけですか？」

伊達さんはもう大笑い。このひとはこんなに笑うひとだったんだって、わたしはまじまじとその顔を見あげたものでした。

ええっと。右ききと左ききの謎がわかりました。実は父さんは左ききではありませんでした――！

「じゃあ、あの自画像は？　左手で筆持ってたじゃないですか？」

父さんは頭をかいて笑いました。

「いや、あれは、鏡を見て描いてたものだから、ついそう描いちゃったんだよ。色塗りははじめてから気がついたものだから、もうしょうがなくってさ」

「……」

「だからあの絵のタイトルは、『鏡の中のわたし』といいます」

「……それ、今思いついたんでしょう？」

「実はそうなんだ」

笑って胸を張らないように、お父さん。

あ、由布は復活しました。安直なやつだって、いわないでね。だって、精霊が復活したから風邪は治ったし、それにお父さんが見つかったんだもん。もひとつおまけに、すきやきが食べたかったんだもん。

あのあとダッシュでわたしたちは、帰りましたよ。八時が近かったもんね。さすがにわたしは走れなかったから、父さんがおんぶしてくれました。父さんは強い！　わたしを背負って街を走るもんなあ。速かったよ。やっぱり少し……恥ずかしかったけど。でも大きい背中は、あたたかかったです。

ついてみたらもうメンバーはみんなそろっていて、『紅白』がついてて、鍋がばあんとこたつの上にあって。

「お帰りい！」

みんなにむかえられちゃったよ。

すきやきは盛りあがりました。二匹の子猫――海と空まではしゃぐくらいに。

何てったって、幸せなネタがたくさんあったもんね。さらに他にも、ぎりぎりになってうれしい情報が入ってたんだ。千鶴ちゃんのお母さんが退院して、しばらくの間こっちに療養にくることになったとか。優美子さんがすっかり元気になっていて、さっきお銀さんが訪ねて行ったら、ベッドの上に正座して〝ひとりごと〟をいって笑ってたとか。

当然、お銀さんの音頭《おんど》で乾杯があり、お酒が出ましたが、にわかに保護者が出現したわたしは、今夜は飲ませてもらえずに、千鶴ちゃんと一緒に、ジュースでがまんになりました（残念！）。

鍋のあとはトランプ大会で盛りあがり、ばつゲームをかねたカラオケ大会になり。お銀さんの新しい趣味の発表ということで、リリーさんを助手にした手品大会があり（お酒も入ってるし、みんなやんややんやの大喝采《だいかっさい》です）。そしてまた鍋を持ってきて今度はうどんすき。そのころは『紅白』は、演歌のパートに入っていて。もう食べられないよお、なんてみんながひっくり返るころ、『蛍《ほたる》の光』。

簡単にテーブルの上を片づけて、みんなで屋上に出ました。風が冷たくて震えると、父さんが肩を抱いてくれました。

わたしはその腕にぶらさがると、べたっとくっつきました。見あげると真上に父さんの笑顔。みんなから、「いいないいな」っていわれたりして。てれて顔がほてって、きゅっきゅっとこすってしまった。

そして十二時。港に集まった船から、汽笛が鳴りはじめました。同時に上がる花火。どおんどおんと胸に響く音と一緒に、次々と空に咲く光の花。

「あけましておめでとうございまーす！」

屋上で、わたしたちは大騒ぎ。花火の音がすごくて、もう何いってるかわかんないの。下の方でも誰かが爆竹やクラッカーを鳴らしているらしくて、すごい騒ぎです。わたしたちはみんな笑いました。お互いの顔を見て。空を見あげて。

街のあちこちの窓から、道や公園から、たくさんのひとたちが空を見あげているのが見えました。その上で宝石のようにいろんな色の光が散って。

光と影のはざまで、一瞬ごとに現れては消える町並みとひとびとの顔は、ふと思いだす時の、誰か懐かしいひとの記憶のようでした。

打ち上げ花火が中断し、火薬の煙で灰色にかすんで見える、遠くの港の方で、しかけ花火の〝ナイアガラの滝〟が燃えるのが見えました。ここから見ると、ああほんとに、光の滝みたい。

「『遠野』を企画してよかった……」

ふと、玲子さんがいいました。めがねにきらめきを映しながら。

「あのゲーム、今の、この『海馬亭』の思い出になるでしょう？　わたしたちがいつかみんなばらばらになってしまっても、ゲームは残るから……」

その言葉を聞いていたのかいなかったのか、みんな何もいいませんでした。

わたしは胸がきゅんとしました。

（いつかみんなばらばらになってしまう。いつまでもみんな一緒ではいられない……）

そうか。そうです。

考えてみれば、たとえば玲子さんは、学校を卒業すれば、会社にもっと近いところに、引っ越してしまうかも知れない。千鶴ちゃんはいつかお医者さんの資格を取って、ふるさとに帰るんだって、この間いっていました。そしてわたしと父さんは山に帰ってしまう。リリーさんもお銀さんも純子さんも、そして『海馬亭』の建物自体も、いつか時の流れの中で消えていくでしょう。そんなの――嫌だけれど。

また花火が上がりはじめました。ずうっと昔――この街の、この港が開港したころから、年に一度、この夜に上がっているという花火が。

街はたくさんのざわめきと歓声をはらんで、光の中で一瞬ごとに浮かび、また消えて。それは、まるでまぶしい万華鏡《まんげきょう》の夜でした。今夜この花火をこうして見あげているひとたち。このひとたちが、たとえば一年後の今日に、ここでもう一度同じみんながそろって、空を見あげているということはないのです。今は同じものを見つめていても、誰かが死に、誰かがいなくなり、そして誰かが生まれて。やってきて。

この先の未来――たとえば百年後の今日。わたしはここでまた花火を見ているかも知れない。でも、みんなはもう、誰もいない。今そばにいてくれる、あたたかな腕の、やっとめぐりあえた父さんも。

わたしは父さんの腕にしがみつきました。父さんはほほえんで、あの自画像と同じ澄んだ目で、わたしを見つめてくれました。わたしは少し笑って、空を見あげるふりをして、目をそらしました。

(みんな、いなくなるのね……)

毛糸玉みたいな小さな海と空も。お店にくるかわいい子どもたちも。お母さんに抱かれた、おもちゃみたいな手の赤ちゃんも。

姉さん。わたしたちはどれくらい長く生きるのでしょうか? 母さんのように、いつか若い姿のままで時が止まり、そしておばあさまがそうしているように、それから何百年もの時を、過ごしていかなければならないのでしょうか?

子どものころ、わたしは自分がそういう一生を送るだろうということが、とても幸福でした。でも、今はよくわかりません。

花火が上がります。次々に。一瞬ごとに壊れて消えてゆく花びらが、空でまぶしく輝きます。わたしの愛する『海馬亭』のひとたちは、みんなうっとりとそれに見とれていて。わたしも空を見あげました。

永遠の一瞬。そういうものがあるのかも知れないと思いました。はかなく壊れて、もう戻らない時間。けれど、心の奥底に、ひとつひとつ宝石を積んでいくように、みんなその記憶を忘れないのです。飛びさった記憶は、消えてしまうのではなく、深く心の中に沈んで、輝きになるんです。きっと。

姉さん。話したいことはたくさんあるの。でもそれは、うちに帰ってからね。父さんのこと、母さんにはないしょにしておこうね。二月に驚かせてあげるの。泣き虫の母さんだもん、きっと泣いちゃうね。

それじゃまた。明日帰ります。
ご協力ありがとうございましたあっ！

一月　一日
愛をこめて。
由布

眠れる街のオルゴール
（前編）

十七年後

十二月。

ぼくがはじめて訪れた風早《かざはや》の街は、その名の通りに、風が速い速度で駆《か》け抜ける街だった。港のそばの遊歩道から見る冬の海は群青《ぐんじょう》色で、そこに白いかもめたちが、ひらひらと花びらが舞うみたいに飛んでいた。

空はほんの少し絵の具の白を混ぜた感じに青い。ぼくは飛ぶかもめのあとを目で追うちに、久しぶりみたいに空を見上げて、まぶしくて、手で顔を覆った。はずみでよろけて、片方の手で持っていた小さな杖《つえ》に寄りかかった。

別にけがをしてるわけじゃないから、正直、じゃまっけだな、と思いながら、それでも念のために、と持っている、飾りみたいな杖だった。病院で、千鶴《ちづる》先生から、「魔法の杖よ。お守りになるから、持っときなさい」と渡されたとき、笑顔で受け取りながら、心のどこかしらで、なんだかおおげさだなあ、と思ったのを覚えている。

だけど、さすがに「魔法の杖」。いや実体はただの木の杖だけどさ。役に立つこともあったらしい。アスファルトをかたりと杖の先が叩《たた》いた。ぼくの体を支えてくれる。

「だいじょうぶか、景《けい》？」

少し離れたところで、小さな双子の世話をしていた父さんが、あわてたように駆け寄ってくる。縦横に大きなからだだが、ゆらりと近寄ってくるのがわかる。父さんは理系で頭はいいけれど、走るのはあまり得意じゃない。何もないところで、器用にころんだりする。

ほら、案の定、つまずいて、あわててふみとどまってるみたいだ。ぼくはその気配に、目を閉じたまま、半分振り返り、笑った。

「だいじょうぶだよ、父さん。外が久しぶりだったからまぶしくて。空ってこんなに明るかったかな、と思って」

「そうか」

片方の手に眠り込んだ妹を抱き、片方の手に弟の手を握りしめた父さんは、黙り込む。

そしていった。

「やっぱりやめて、家に帰るか？」

「なにをいうのさ？」

ぼくは明るい声で笑った。

「ぼくはこの風早の街で、小学校最後の冬休みをエンジョイするって決めてるんだよ？楽しみにしてたんだ。せっかく久しぶりに父さんが日本に帰ってきたんだもん。家のことも母さんの手伝いも、それから双子の世話も父さんに押しつける、ゆったりとした休日を過ごすって決めたんだ。ちょうどほら、外国風にいうと、いまはホリデーシーズンとかいうんでしょう？　ホリデーシーズンの休暇なんだよ。忙しかったぼくのための休暇。知らない街で、家族のそばを離れて、優雅にゆっくり過ごす十二月の十日間。

だから、ね？　ぼくはだいじょうぶだから」

父さんは、ぼくをじっとみつめる。だぶだぶにゆるんだズボンにしがみついていた小さな弟が、父さんの手から離れて、海の方にいこうとする。ぼくと父さんは、あっと叫び、父さんは、弟の襟首《えりくび》をつかまえた。

はずみで、だっこされていた妹が目を覚まし、父さんの腕の中で、ぐずり始めた。

双子のふたり。巡《じゅん》も純《じゅん》もまだ三歳だ。とくに女の子の純は、最近、育ってきた感じで、よくしゃべるようになったけど、ふたりともまだ半分赤ちゃんでとても手がかかる。

ぼくは今年の冬休み、十二月の、大みそかまでの十日間の日々を、この街の海馬亭《かいばてい》という元ホテルで過ごすことになった。いろいろあって、そういうことに急に決まったんだ。

ぼくのすむ光野原市《こうのはらし》から、車で一時間ほどのこの街に、父さんが送ってきてくれた。それはほんとはふたりだけのドライブになるはずで、ぼくも父さんも——とくに父さんは、その一時間の間に、話したいことやききたいことがあったんだと思うんだけれども、小さな双子が、どうしてもドライブについていきたいと泣いたので、四人でくることになったのだった。母さんは車酔《よ》いしてしまうので、ひとりきり家で留守番になった。玄関でみんなを見送るとき、さみしそうだったけど、父さんが、お土産《みやげ》買ってきますからね、と、約束をしたら、母さんは、その一言で、女優さんみたいに笑った。まあいくつになっても、仲良しな夫婦でよいことです、うん。

というか、うちの一家はみんな仲良しなのだ。だから、双子のちびたちが父さんにしがみついて、いっしょにいたいと泣くのも仕方がない。ましてや、久しぶりのドライブなんだもの。留守番なんてとんでもないだろう。まあ仕方がない。先月、十一月に父さんが家に帰ってからというもの、母さんと双子は、いつも父さんのそばにいた。

居間に大きなノートパソコンを持ちこんで、あぐらをかいて仕事をしたり、仕事の関係の本を読んだりしている父さんのそばで、みんなまるでライオンの群れの家族かなにかみたいに、仲良く寄り添っていた。父さんに話しかけたり、自分たちのしたいことをしたり、テレビを見たり、遊んだりうたったり。安心そうに。楽しそうに。幸せそうに。

一年ぶりの帰国だったものね。無理もない。

十一月のある夜、ぼくは、父さんと母さんにコーヒー、ちびたちにココアをいれて、テーブルに運びながら、その情景にみとれていた。

ほんの少し、悲しくて笑えた。この一年の間、たぶんぼくは、家にいない父さんの代わりになろうとしていた。みんなを守ろう、みんなに安心していてもらおうって。でもだめだ。ぼくには父さんの代わりはつとまらない。

まあね。小学六年生には、おとなの代役は無理なんだろうね。当たり前だよね。ぼくは肩をすくめ、素直にそう思って苦笑した。

その日、ぼくは少し風邪を引いていて、それもあってなんだか疲れていたので、居間で楽しそうなみんなにおやすみなさいをいって、ひとりで寝たのだった。灯《あか》りを消した、子ども部屋のふすまの隙間《すきま》から、居間の光が線になってみえる。たまに笑い声や音楽がきこえる。ぼくは、あったかい気持ちになってベッドに入り、

「まったく、父さんが家にいるってのはいいもんだね」

とかつぶやきながら、深いため息をついて、布団《ふとん》にくるまったのだった。幸せな、あったかい気持ちで、すうっと眠った。

そしたら。その次の朝からだった。

ぼくが歩けなくなっていたのは。

十一月の第二週のことだった。


港で、空を舞うかもめを見上げながら、ぼくは、短くため息をつく。

千鶴先生のふるさと、風早の街のことは、先生に話してもらう前から知っていた。団地のおばあちゃんが話してくれた街だ。

団地のおばあちゃん——ぼくのほんとうのおばあちゃんではない。近所の団地で年とっ

た猫の鞠子《まりこ》と暮らしていた、ひとり暮らしのおばあちゃんのことだ。ぼくは、毎日のように、その部屋をたずねては、こたつに入れてもらい、おばあちゃんと話したり、いっしょにラジオをきいたりした。おばあちゃんとは、去年の秋くらいにであったんだと思う。最初はたしか、学校の友達でそこにすんでいるやつがいて、それがきっかけで団地に出入りするようになって、たまたまおばあちゃんとであったんだ。ぼくは猫が好きで、でも母さんが猫アレルギーで飼えなかったから、最初は猫にあうために、あの団地にいっていた。ずっと前に、取り壊《こわ》されることが決まっていた古い団地には、もうほとんどひとが住んでいなくて、代わりみたいに、放し飼いの猫や、野良猫がたくさんいたんだ。ぼくはある日、中庭を歩いていた人なつこい鞠子の後をついていき、それで鞠子の飼い主の、おばあちゃんとであったのだった。

その日以来、ぼくは、忙しいときでも、五分でも十分でも、おばあちゃんをたずねていた。学校の帰りに寄っていた。――なぜって？　そうすることが楽しかったから。ぼくとおばあちゃんは、年が離れていたけれど、とても気が合う友達同士だった。

それに、本が好きで、新聞をよく読むおばあちゃんは、世の中のことを何でも知っていたし、元手芸の先生らしく、手先が器用だったから、家にいろんな細工物がたくさんあって、それをみたり作り方をきくのも楽しかったんだ。

あと、オルガン。そこには、古いオルガンがあった。先に死んだおじいちゃんが、若い頃に買ってくれたんだって。ぼくはときどき、そのオルガンを弾かせてもらった。楽譜があったから、見せてもらってリクエストに応えて弾いたりもした。おばあちゃんは、ショパンの別れの曲が好きだった。

おばあちゃんは、風早の街に、若い頃、少しの間だけ暮らしていたことがあるんだって、前に話してくれたことがある。結婚して光野原市にきたのだけれど、風早の街が懐《なつ》かしく、いつかはあの街に帰りたいって思っていたって。ずっとずっと、忘れなかったって。

古いこたつで、編み物をしながら、おばあちゃんは、話してくれた。

『あの街はね、景くん。神様や妖精《ようせい》や妖怪《ようかい》や、そういう不思議なものたちがたくさん〝いる〟街なの。角を曲がれば、知らない通りに続く路地がそこにある。願いごとを叶《かな》えてくれるお店がある。振り返れば、猫の耳をしたかわいらしい女の子が、にっこりと笑って立っている。真夜中の高速道路で、幽霊たちが月明かりを浴びて、踊っていることもある。あれはね、そんな街。人間が好きなあやかしたちが、日の光に紛れ、夜の闇《やみ》にひそみながら、ひとの暮らしを見守り、楽しげに暮らす街なの――』

ほんとうにそんな街があるの、と、ぼくはききかえした。風早の街は、ぼくのすむ街からそんなに遠くない。なのに、そんな物語に出てくるような街があるなんて――そんなのぼくには信じられなかった。おばあちゃんのことが大好きでも。

おばあちゃんは、ふわりと謎《なぞ》めいた笑顔を浮かべて、そしてぼくにいった。

『少なくとも、おばあちゃんにとって、風早の街は、そういう街だったわよ？　きれいで、不思議で、ときどきは幻《まぼろし》のようで――でもたしかに、そこにある、大好きな街だった』

きれいで、不思議で、ときどきは幻のような街、か……。

おばあちゃんの笑顔を思いだすと、胸の奥が痛んだ。懐かしくて、懐かしいけれど、思いだすのが苦しいひとになっていたから。

風早の街に、風が吹く。ぼくは、十二月の冷たい風に、目を細める。

ぼくにとって、この街は、どんな街なんだろう？――まさか、おばあちゃんがいってたみたいに、妖怪や神様が暮らしてる街だなんて思えないけれど。

……思えないけれど、でも、もしほんとうに、世界に、人間が好きな神様や妖怪がいるとしたら、そういうものたちが、この風早の街にいて、人間を見守っているとしたら。

そういうのはちょっと楽しくていいな、と、ぼくは思った。

学校や塾の友達に、リアリスト景、見たものと数字しか信じない男、とか呼ばれてるぼくにしては、それはちょっとだけ、らしくないことだったかもしれないけど。

「……ぼく、ひょっとして、魔法使いの千鶴先生に影響を受けたかな？」

ショートカットに、黒い目の、タレントさんみたいにかわいい千鶴先生の笑顔が目に浮かんだ。光あふれる診察室で、先生は、いったんだ。午後の日差しを受けた白衣を、空飛ぶ天使の羽根が光るみたいに、輝かせながら。

『わたしは魔法使いだから、きっと景くんの足を治してあげる。また自分で歩き出せるようにしてあげる。でもそれには、景くんがわたしを信じてくれないといけないんだな。わたしを信じてくれる？　わたしの魔法を』

いろいろといろいろと。話せば長くなることがあって、ぼくは先生が子どもの頃に暮らした、海馬亭アパートで暮らすことになった。

『宿題よ。あとで感想をきくから、読んでね』

と、古い謎めいた手紙の束《たば》を渡されて。

その手紙は、十七年前に、この風早の街にすんでいた、ちょっと不思議な女の子が書いたものなんだって。女の子、っていっても、当時、十五歳くらいだったっていうから、高校生くらい？　ぼくにとっては年上のお姉さんが書いた手紙になる。

一通一通封筒に入っている。切手は貼っていない。住所も書いていない。ただ、表に、「由紀《ゆき》姉さんへ」、裏に、「由布《ゆう》」と書いてあるだけだ。

ひとが書いたこの手紙を、なんで千鶴先生がまとめて持っているのか、そしてなぜ、ぼくにこれを読ませようとしているのか、ぼくにはよくわからなかった。

ただ、どうも先生は、冬休みに、風早の街で、ぼくがこの手紙を読むことで、ぼくの足が良くなると思っているらしい。どんな薬でも治療でも治らなかったぼくの足。検査の結果、器質的には異常がないとわかったのに、おかしくなっているぼくの足が治ると。歩き始めることを忘れた足が、どうしてだか、この手紙の束を読むことで治ると思ってるらしい。――宇宙からはやぶさが帰ってきたこの時代に、そんな不思議なことがあるのかなあ？　いやまさか、ないだろう。

そうは思う。思うんだけど。

ぼくは空ゆくかもめたちをみる。

ここが風早の街で、神様や妖怪がすむ街なら、通りの向こうに不思議な世界への道が続いているような街ならば、ひょっとしたら、たまにはそんな奇跡があるのかもしれない。

手紙の束が入ったバッグは他の大切なものといっしょに、肩からかけてある。荷物は父さんが持っていてくれたけれど、これだけは、自分で持っていたかった。

ぼくはバッグの肩紐《ひも》をきゅっと握った。


そしてぼくは、海馬亭で暮らすことになった。

先生からきいた話によると、このアパート、ここしばらくは下宿人をおくこともなく、ひとをいれずに、閉じていたらしい。今日も建物には人気《ひとけ》がなかった。

ぼくは、先生がぼくのために空けてくれた部屋の鍵《かぎ》を開け、父さんに手伝ってもらって、荷物を開いた。小さな箪笥《たんす》や、古い書き物机や、本がたくさん入った本棚《ほんだな》。その上には、古ぼけたテディベアがおいてあって、丸いボタンの目で、こちらをみている。

この部屋は、千鶴先生が、小学校のときに使っていた部屋らしい。

先生は、今日、夕方にはこちらにくる予定だといっていた。ほんとは午後からこちらにいて、ぼくと父さんを迎えてくれる予定だったんだけど、急に具合の悪い子どもがでて、そういうわけにいかなくなったのだ。で、ぼくと父さんは、海馬亭とこの部屋の鍵を預かって、ふたりで——それとちびたちをつれて、先にここへくることになったのだった。

ここで、神経質な親だったら、病気の子どもを、そんな知らない場所につれていくなんて、と、文句をいうかもしれない。あずかる子どもをちゃんとその場でむかえないなんて無責任な、とか。けれど、父さんは若い頃から、真夜中でも呼び出しがあって当然みたいな職場で働いていたので、その辺は全然気にしていないようだった。むしろ仕事熱心な先生として評価があがったようだ。それと、父さんは、何回か千鶴先生とあって話していて、若いけど立派な先生だ、と、先生のことを信頼できていたということもあると思う。

それとたぶん、父さんはわりかし、ぼくのことも信頼しているのだとも思う。知らない場所にひとりきりにしておいても、大丈夫なやつだって。その辺はね、ちょっと嬉しかった。だから——ほんというと、ひとりぼっちの気分が、ちょっとだけ不安だったぼくも、胸をはって、笑顔でいることができたのかもしれない。

「じゃあ、父さんはいくから……」

名残惜《なごり》しそうに父さんがいった。

　父さんはこのあたりの地理に詳しくなく、ナビを使っても、手近な駐車場がみつからなかったので、車をすぐそこにとめていた。早くいかないといけない。それに、眠りから覚めた妹と、さっきからずっとアクセル全開の弟が、ふたりで無人の海馬亭の中を駆け回るので、ぼくたちとしては、双子がなにか壊すんじゃないかと、気が気じゃなかった。

「じゃあね」

　海馬亭の玄関まで見送って、ぼくは手を振る。

　父さんはなんだか悲しそうに笑う。

「元気でな」

「おおげさだなあ、父さんは。たった十日間じゃないの？　さっきもいったでしょう？　ぼくはこの街で優雅な休暇を楽しむだけだよ」

　父さんはうなずき、ちびたちの手を両手に持って、ゆらゆらと歩き始める。

　振り返って、いった。

「景。ホリデーシーズンの休暇は、本来、家族で過ごすものなんだよ」

　ぼくは、古い建物の、木の扉をそっとつかみ、吹く風に髪を揺らしながら、いった。

「大みそかは、いっしょに過ごそう。三十一日に迎えにきてくれるのを、待ってるから」

　父さんは、少し笑った。そして、手を振る代わりのように、ちょっと首を振って、はしゃぐちびたちの手を両手で振りながら、坂道をおりて、歩いていった。

ぼくはしばらくその後ろ姿を見送って、そうして、肩をすくめると、回転扉を押して、海馬亭に入ろうとした。どこかで時計の鐘が時を告げる音がした。

そしてぼくは、回転扉の向こう、玄関ホールから伸びる長い廊下の向こうの開いた扉の前――午後の日差しが廊下を照らすそこに、誰《だれ》かが立っているのに気づいた。

ほっそりとして、背の高い、長い髪の女のひとが、手にトランクを提げて、こちらを見ている……ような気がした。そのひとの背から光が射しているので、どんなひとか、よくわからない。ただ長い赤い髪が、光に透けて、ふわりと揺れていた。

このホテルは無人かと思っていたのに、他に人がいたんだろうか?

ぼくは回転扉を急いで押して、中に入った。

――誰もいない。

廊下の向こうには、ただ扉が開いているばかり。みたと思った誰かはそこにいない。

「あれ?」

ぼくは、そちらへ向けて、歩いた。

廊下の奥の、扉の向こうの、そこには中庭があった。午後の日差しがぽかぽかと降りそそぐ。小さなかわいらしい菊――ノースポールの白い花が咲き、クリスマスローズの株が伸びていた。どちらもおばあちゃんの部屋のベランダにあったから、ぼくにはわかるんだ。

石造りの中庭の、煉瓦《れんが》で飾られたその小さな花壇《かだん》は、海馬亭が無人の間も、誰かが世話をしていたんだろうか。冬の草花は元気そうで、いきいきしていた。

それにしても、さっきの女のひとは、どこにいったんだろう？

ぼくはあたりを見回す。最初は、この扉の向こうにいったのかと思ったんだけど、この中庭は行き止まりだ。向こうには煉瓦の塀《へい》しかない。

「トランク、提げてたっけ」

旅行鞄《かばん》。いまここにたどりつきましたというように。それでぼくは、一瞬、あのひとは、この扉から海馬亭に入ってきたのかと思ったんだけど――ぼくは、空を見上げる。

ここは行き止まりで、庭と塀しかないから、もし誰かがここにくるとしたら、塀を跳び越えてくるか、空から舞い降りてくるしかない。

「空から、舞い降りる……？」

ぼくは、首をかしげる。

先生から預かった宿題の手紙は、そんな女のひとが出てくる手紙だったっけ。ていうか、その子が書いた手紙。遠い山から、空を飛んで、街におりてくる十五歳のやまんばの娘。

手紙を預かった日に、ぱらぱらと読んだら、そんなふうな手紙だったんだ。

「名前は、由布――」

ふいに、風が吹いて、庭の草花を揺らした。風の流れに目を上げると、向こうにかすんで、遠く、大きな山が見えた。

あれが、由布がおりてきたという、妙音岳《みょうおんだけ》なんだろうか？　うん、方向からいって、そうなるような気がする。前に学校で地元の地理について調べたとき、あの山のことも少し調べた。女神がいるという伝説の山で、山伏が修行にいったりするんだそうだ。年をとった猫が修行にいってねこまたになる、猫山もあるって書いてある本もあったかな？

ぼくはふっと笑う。

「おばあちゃんちの鞠子も、ねこまたになっていればいいのに」

そうして、帰ってくればいいのに。

鞠子はいなくなり、おばあちゃんは病院でひとり死んでしまった。ぼくは、おばあちゃんとお見舞いにいくって約束していたのに、怖くてお見舞いにいけなかった。

一度もいけないままに、あえないままに、おばあちゃんは死んだ。ひとりきり死んでしまった。きっとぼくがお見舞いにいくのを待って、でもあえなくてさみしい気持ちで死んだんだと思う。どうしてこないんだろうと、毎日悲しかったと思う。ぼくは約束を破った。

団地は、そのあとすぐに取り壊されて、いまはただの空き地になってしまった。

「考えてみたら、ねこまたになって帰ってきても、鞠子は帰る家がないんだね……」

海馬亭の中庭には、光が満ちる。

団地のおばあちゃんの家のベランダの庭にも、こんなふうに光がいっぱいだった。

けれど――もうあの庭はない。

ぼくは、光の庭に背を向けた。無意識のうちに、中庭の扉を閉めた。薄暗くなった廊下は、しんとしている。時計が時を刻む音がする。ホールのどこかにあるんだろう。

「幻だったのかな？」

トランクを提げた、長い髪の女のひとは。誰の気配も、ここにはない。

ぼくは、重くなった足を少し引きずるみたいにして、廊下を歩いた。エレベーターを使う。三階の、ぼくの部屋になった部屋へ帰る。

歩きながら、ひとの気配をさがしたけれど、やはり、どこにも誰もいない。

一階には、玄関ホールと、管理人室らしい部屋と、そして電気が消えたお花屋さんだったらしいガラスで囲われた空間があるばかりだった。でも、どこにも誰もいなかった。玄関は、いまぼくが閉めてきたので、やっぱり誰もここにはいないんだと思う。

ホールの暗がりで、大きな古い柱時計が時をきざむ音だけが、静かにひびいていた。

「ぼくは病人なんだもんな。幻の一つや二つ、見えても仕方ないのかもしれない」

それにここは、風早の街だから、本物の幻のひとつやふたつ、あるのかもしれなくて。

そう思うことは、ちょっと楽しいことだったから、ぼくはひとりでふっと笑った。

手紙を読んだ感じでは、この海馬亭には、幽霊が出たり、生霊《いきりょう》や謎のテディベアが歩いたりしたっていうんだもの。長い髪の旅行者の幽霊がいたって、きっと変じゃないんだ。

怖いと思わなかったのは、やっぱりぼくはそういうものをその時点では信じていなかったからだろうと思う。

むしろ、もしそういうものがいるのなら、どんなに嬉しいだろうと思っていた。だって、もし幽霊がいるとしたら、ぼくは、おばあちゃんにあって、謝ることができるかもしれないから。二度とあえないひとに、ごめんなさいがいえるから。


部屋で、荷物をきちんと開き、箪笥に洋服や小物を入れたりした。

こういったことは嫌いじゃないし、時間がたつにつれ、旅行気分が楽しくなってきたから、ぼくは鼻歌をうたいながら、部屋を整えた。ベッドの布団はふわふわだ。上等の羽布団じゃないかな。寝心地《ねごこち》良さそうな敷《し》き布団の下には、がっしりとスプリングの入った、マットがある。話にきく、一流ホテルみたいだ、と思って、それからぼくは腕組みをしてうなずいた。考えてみたら、ここ、海馬亭は、元ホテルなんだった。

いいなあ。立派なベッド。元気だったら、人目のないのを幸いに、ぽんぽんはずんで遊んでいたかもしれない。でも、目の端に、自分の小さな杖が映ると、ちょっと自粛《じしゆく》するしかない、と思った。まあ、病人モードだしね。

ベッドに腰をかける。昔、ぼくと同じくらいの年だった頃の千鶴先生は、この部屋のこのベッドに、こんなふうに座っていたんだろうな。そうして、何を考えたんだろう。

ふたりきりの家族だったお母さんのそばをはなれ、おばあさんにひきとられてきたという女の子は。

ぼくが歩けなくなった、っていうのは——足が痛いとか、そういうことじゃない。ただ、どうしてなんだろう。からだがとても重くなって、立ち上がるのがつらくなった。まるで重力がとても重い惑星に、連れていかれたみたいだった。そしてなんとか立ち上がっても、今度は歩き方がわからなかった。その方法を忘れてしまっていた。

倒れそうになりながらでも、一歩でも二歩でも歩ければ、勘は取り戻せる。やがて普通に歩けるようになる。でも、最初に足を踏み出すまでが、怖かった。時間がかかり、怖くて、額《ひたい》に汗が流れた。十一月なのに、からだが熱くなって。息も熱く、苦しくなって。

だけど、歩けないと、学校に行けない。家のこともできない。恐がりでちょっとドジな母さんの代わりに、ぼくができるだけ料理を手伝っていたし、頭痛で寝込むことの多い母さんの代役で、双子の世話もしていたのに、そんなことが何もできない。ぼくはこの家を守る騎士のように執事のように、みんなのためにがんばるのが好きだった。小さいころから、それが生きがいだったかもしれない。でも、それができなくなった。

せっかく父さんが家にいるのに、美味《おい》しいコーヒーをいれてあげることもできない。古い小さなコーヒーメーカーでいれるコーヒー。機械がいれるものなのに、父さんは、ぼくがいれるといちばんおいしいって、いつもほめてくれるんだ。

学校は休むことになった。週に一度テストを受けにいっていた、進学のための塾も。ぼくは成績が良かったので、ちょっと悔しかった。まるでなにか、落後《らくご》したみたいで。

ぼくは、父さんと、いろんな病院にいった。毎日のように、いろんな病院に連れていかれた。近くの病院、遠くの病院。大きな病院や、知らない街の、暗い感じの、古めかしい病院。検査もたくさん受けた。痛い検査もあった。——でも、ぼくのからだはどこも悪くなかった。健康です、という結果だけが、何回も返ってくるだけだった。

一カ月の予定で休みをもらって日本に帰ってきていた父さんは、会社に連絡して、休みをのばしてもらった。コンピュータ関係の会社に勤める父さんは、いまは、出向して、北欧で携帯用の小さい端末の開発をしているスタッフの中のひとり（で、父さんにいわせると、重要な戦力のひとりなのだそうだ）だった。ちょうど十二月と一月に、その会社ではホリデーシーズンのお休みをとることになっていて、父さんは早めにその休みに入ることになった。父さんはスカイプで会社の人とやりとりしながら、何度も頭を下げていた。

ぼくは、居間の床にしゃがみこみ、そんな父さんを黙ってみていた。

そんなぼくのからだを、うしろから母さんが抱きしめ、つつみこんだ。お姫さまか妖精みたいな母さんの長い髪が、ぼくの肩に掛かる。小さい双子を抱きしめるときみたいに、細い腕で、ぎゅうっと抱いてくれた。そんなの久しぶりのことだった。

「景、かわいそうに。母さんが代わってあげられたらいいのに……」

声が泣いていた。傷つきやすい、優しい母さんまで、ぼくのせいで泣いていた。

双子たちが、人形みたいに寄り添って、硬い表情で、ぼくのことをみている。うまく歩けなくなる前までは、ぼくの首にしがみついたり、背中におぶさったりして、うるさいくらい甘えてきていたのに、おびえたような顔をして、心配そうに、遠くからぼくをみている。

だいじょうぶだよ、と、ぼくは手を差し出そうとして、でも、笑顔になれなかった。

ぼくは——大好きな家族の、重荷になってしまった。みんなを心配させて、不安にさせている。なんでこんなことになったんだろう？　ひとりのときぼくは自分の足を殴った。痛かった。あざになるまで殴ったけれど、でも、ぼくの足はいうことをきかなかった。


そんな日々の繰り返しのうち、その病院に行くことになったのは、なぜだったろう？

住宅街の中、うちの近所の、ちょっと角を曲がったところにある家。街路樹の陰《かげ》に、ひょこっとある小さなその病院は、昔からそこにある小児科だった。たしか、小さい頃は、そこに行っていた記憶がある。その頃は優しいおばあさんの先生がいた。

「灯台もと暗し、というか……」

父さんは、ぼくのそばをゆっくり歩きながら、笑顔を作って、そういった。

「ツイッターで教えてもらったんだけど、そこの柏木《かしわぎ》医院ね、子どもの病気を総合的に診てくれる、知る人ぞ知る病院で、昔からの名医がいるんだそうだ。とくに最近入った若い女の先生が、なんでも見抜く、魔法使いみたいな先生だって評判なんだそうだよ」

「そうなの」

ぼくは、にっこりと笑う。

心の中で、ぼくは思っていた。ツイッターだって。あれってデマが多いってきくし、そもそもネットのうわさ話なんて信じるものじゃないって、ぼくは四年生のときに、父さんに教わって覚えたんだけどな。

ふっと笑ったんだけど、同時に悲しくなった。――自分であてにならないっていっていたネットのうわさ話を信じたくなるほどに、父さんはいっしょうけんめいなんだ。

「……治りたいなあ」

優しい父さんのために。そう思ってつぶやいたのだけれど、父さんは、そうだな、といって、ぼくの肩をぎゅっとつかんだ。

「痛いよ、父さん」

「あ、すまない」

ぼくは、顔を上げた。足がまたなんだかおかしくなっていたけれど、にこっと笑った。

「魔法使いみたいな先生にあいたいな。そのひとなら、治してくれるかもしれないから」

そんなことあるわけないって思った。でも、そういうと父さんが喜ぶかなと思って。

父さんは、でも涙ぐんだ。そして、言葉をのみ込むようにして、ぼくの背中を叩いて、目の前にある病院の門をくぐった。

待合室は暗かった。古い木と埃《ほこり》の匂いがした。他に患者さんはいないのか、病院の中はしんとしていて、大きな柱時計だけが、かちかちと時を刻んでいた。

そのうちに、かちゃりと扉が開く音がして、白衣を着たお姉さんが、ぼくを手招きした。

「藤沢景くん。こちらの第二診察室にどうぞ」

廊下のそちらの側には窓があり、白い光が射していた。逆光になって、そのひとの表情がよくわからない。背丈は低めなのかな。声が高めで、澄《す》んでいて、よく通った。

若い女の先生。これがその魔法使いみたいに何でも見抜くっていう先生なんだろうか。

「景……景くん、いらっしゃい」

なぜだろう。その声が、おばあちゃんの声にきこえた。光の中に立っているようにみえるからだろうか。いいことが待っているときの声。ぼくを笑顔で呼ぶ、優しいひとの声。

ぼくは——ぼくは、魔法なんてないってわかっていながら、焦《あせ》るようにしてからだを起こした。待合室のつるつる滑《すべ》るソファの背に寄りかかり、腕の力で必死になって立ち上がり、光の中に立つ人の方めざして歩いた。

あ、と、父さんもソファを立ち上がろうとしたけれど、そのひとは手でそれを止めた。

「すみません。最初は景くんだけで。ご事情は先日、こちらを予約いただいたときに、お電話でうかがってますし、大丈夫です」

優しい声だけど、きっぱりとしたいい方だった。

父さんは不承不承《ふしょうぶしょう》といった感じでうなずく。たしかに数日前、父さんは、長く電話をして、ぼくの話をしていた。症状の説明やどんな検査をしても、歩き出すことができなくなった原因がわからなかったことを話したりしていた。なるほど、あのときに、父さんは、この柏木医院の予約を取っていたのだろう。

「あとでお父さんにはお話をうかがいますので」

招かれて入った、扉の中――診察室には、光があふれていた。

白衣を着た先生は、扉を閉めながら、明るい笑顔で笑った。

「いらっしゃい。ようこそ、この病院へ。わたしはここにつとめる見習い魔法使いの、源《みなもと》千鶴でございます。景くん、よろしくね」

猫みたいな目が、ぼくをみつめる。黒い髪はショートカットで、よく似合っていた。ちょっとタレントさんみたいでかわいい。テレビのコマーシャルで笑っていそうな感じだ。

午後の日差しが満ちている部屋で、白衣が光をいっぱいに受けて、まぶしかった。

思わず目を細めると、優しい声がきいた。

「元通りに、歩けるようになりたい？」

ぼくはうなずいた。

「そうよね。さっき、あんなにいっしょうけんめいに、ここまで歩いてきたものね」

ぼくは目をこすりながら、顔を上げた。

言葉に違和感があった。このひとはひょっとして、ぼくが歩いてくる、そのようすをみて……いや観察していたのだろうか？　あそこから、もう診察が始まっていた？

「ひとつきいてもいいかな？」

「はい」

「なんで治りたいの？」

「それは……」

ぼくは、なんでそんな当たり前のことをきくんだろうと思った。

「家族に心配させて悪いからです。これじゃあ、学校にもいけないし、進学も……」

「あれ？」

きょとんとしたように、先生はいった。

「自分のために、自分の足で歩きたいから、治りたいんじゃないの？」

ぼくは一瞬、言葉を失った。

あれ――？　あ、そうか。なんだかおかしい気がする。

「ぼくは……」

家族の重荷になりたくなくて……それは本当のことなんだけど。学校にも行かなきゃだし、迫ってくる中学受験だって、気になるけど。だから治りたいんだけど。

よくわからない。わからないけれど、不安になった。自分の出した答えが怖くなった。

そうか。普通は、自分のために治りたいと思うべきなのかもしれない。ぼくはいまなぜ、正しい答えを思いつかなかったんだろう。

無意識のうちに、笑っていた。

「先生、ぼくって変ですね。だから、歩けなくなったのかなあ?」

「なんで笑うの?」

「え?」

「景くん。いまあなたは、笑いたいですか?」

そういわれて、はじめて気づいた。

笑顔がゆがんでいた。

すぐそばに、薬の入った古い棚があった。そこに映っているぼくの顔は、笑顔だけれど、目が笑っていなかった。ぞっとする顔だった。

「『絞首台の笑い』って言葉があるの」

低い声で、先生がいった。

「ほんとうは悲しくて、さみしくて、つらくて仕方がないのに、笑顔で話してしまう、そんな悲しい呪いがかかったひとの笑顔のこと」

その言葉が怖かった。心臓がどきどきとした。一瞬目に焼き付いた、自分の、笑っていない目も怖かった。ぼくって、あんな、人形みたいな目をしてたんだろうか――？

ほんとうは悲しくて、さみしくて、という先生の言葉が、心のどこか奥深いところに、静かにおりていった気がした。

変なの。ぼくはたしかに病気だけれど、普通に歩けなくなったのはつらいことだけど、悲しくもさみしくもないのに。そんなはずはないのに。

先生が目を伏せた。深くため息をつく。

「先生は魔法使いだけど、自分のために治りたいと思ってる子どもじゃないと、先生の魔法は効かないんだ。どうしようかな」

「――自分のために？」

「そう。自分が幸せになりたいと思ってる子どものためなら、千鶴先生は、どんな病気も治す、とっておきの魔法を使えちゃいます」

幸せ。その言葉が、耳の奥に響いた。

幸せになりたい――そんなこと、考えたことがなかった。だってぼくは、自分のことを、幸せな子どもだと思っていたから。

ぼくは、戦争もしていない、内乱もない、多くのひとが飢えていない、いまのこの、日本という国にすんでいる。歩き出せなくなったこと以外は健康で、成績だって悪くない。

父さんのことは尊敬しているし、優しくてかわいい母さんが大好きで、守ってあげたいと思う。双子の妹弟だって、かわいくてたまらない。ぼくは素敵な家族に恵まれている。

だからぼくは、幸せで、幸せなはずで。

「ぼくは……幸せ……」

でもそのとき、ふいに、のどの奥に、何かがこみ上げてきた。きゅっと悲しみの固まりみたいなものが、痛みを感じるほどに。

「ぼくは幸せになりたい……」

目から涙が流れていた。

「先生、ぼくは、もうこんなにつらくてさみしいのはいやだ。いやです……」

「ひとりで歩き出せるようになりたい?」

「はい」

「オッケー、治しましょう」

白衣の自称魔法使いは、不敵な感じの笑顔でうなずいた。

「先生が、きっと治してあげる。だから、ひとつだけ約束してくれるかな?」

「約束?」

「この千鶴先生を信じること。先生はあなたが信じてくれる限り、スペシャルな魔法を使うことができます。でもその魔法は、魔法を疑う子には、効き目がないの。

信じられる、景くん？」

心のどこかで――知性と理性が、魔法なんてあるわけないよとつぶやいている。でもそのとき、ぼくは先生の黒い目の奥の、深い悲しみに気づいた。先生は、目の前のぼくをみつめながら、遠くにいる誰かに話しかけているみたいだった。そんな気がする。

信じてくれる？　と。信じてほしい、と。

ぼくは、深くうなずいた。黙って涙をふきながら。

先生も、うなずいた。

そのとき、口の中で、今度は助けてあげるからね、景ちゃん、と、先生がつぶやくのがきこえたような気がした。きき違いだったかもしれないけど。

先生は笑顔になり、髪をゆらしてうなずいた。

あとで思ったんだけど、それはひょっとしたら、先生を本当に信じたからというよりも、目の前のかわいい優しい、そしてちょっと不思議なお姉さんがかわいそうだと思ったからかもしれなかった。ぼくが、あのときうなずいたのは。

このひとに、ぼくを救おうといってくれた、どこか悲しげな自称魔法使いに、優しいことがしてあげたかったのかもしれなくて。

だから、ぼくは、あのとき、うなずいたのかもしれない。

もういまはずっと前のことに思える、十一月の、その最初の診察のとき、千鶴先生は、大きな机の向こうに座りなおすと、ぼくにおいでおいで、と、また手招きした。

「好きな椅子に座っていいから、どうぞ。ちょっとだけ、話をきかせてくれるかな?」

古い木の床が淡く光る。窓辺には観葉植物の鉢が並んでいる。気がつくと、静かにピアノの音楽が鳴っている。無意識のうちに耳がその音色を追いかけていて、指が動いた。ピアノはずっと前にやめたけれど、いまでも、音を聞くと、ふと指が動く。弾きたくなる。

優しいピアノの音が流れる中、ぼくはたくさんある椅子《いす》を眺めた。ソファもあるし、木の椅子もある。床にころんとおいてあるビーズクッションも。なぜかぬいぐるみも、ころがっている。おもちゃも絵本もたくさんあった。小児科ってこういう感じではあるけれど、ここはとくに、そういったものが多い気がした。子ども扱いされていやだなあ、と思いつつ、なごんでいた。肩に入っていた力が抜けるような気がした。

と、その中に、ぬいぐるみじゃない、一匹の猫がいた。とら猫だ。年をとってるのだろうか、少し毛が色あせて、もったりしてみえる猫だった。でもぼくは、年をとった猫が好きで、それに鞠子の懐かしい思い出があったから、そっと猫の方に近づいていった。

猫は、窓辺のソファに、ぬいぐるみといっしょに、寝そべり、優しく細めた目で、ぼくをみていた。おいで、と呼ばれたような気がした。

だって、おばあちゃんちの鞠子が、よく、あんな優しい目で、ぼくをみていたから。

「ここに座ってもいいでしょうか？」

ぼくは先生にきいた。

「どうぞ」

ぼくはとら猫の隣に腰を下ろした。猫はぼくを見上げた。そう、その日から、猫がいるソファは、ぼくのための席になったんだ。あのソファは、猫のお気に入りの場所だった。

「この猫は、先生の猫なんですか？」

「そうよ。子どもの頃からずっといっしょの友達なの」

「へえ」

「わたしは魔法使いだから、使い魔はつねにいっしょにいなきゃいけないでしょ？」

「え？」

先生は笑顔だった。

「その子は使い魔兼、わたしの助手だから」

「はあ」

うーん。やっぱり、子ども向けの対応なのかな。

でも、こういうのは嫌じゃなかった。それと、不思議なほど、気持ちがすっきりしていた。泣いたからかもしれない。あの涙は、まるで嘘のように、すうっとひいていて、いまはただ、泣いた後の疲労感と、気持ちの良い脱力感だけが、残っていた。

こんなふうに泣いたのって、どれだけぶりだったかな？　長いこと、泣いていなかったような気がする。おばあちゃんが死んだときかされたときも、ぼくは、泣かなかった。泣いちゃいけないと思ったんだ。ぼくには泣く資格がないんだもの。ぼくは悪い子だから。約束を守れない、裏切り者だったから。

診察室には光があふれていた。

一瞬、そこに、懐かしい部屋がみえた。

古い団地の一室。四角いこたつと、手作りのこたつカバー。壁には刺繍《ししゅう》の花。昔手芸教室をしていたというおばあちゃんの手作りの品々で、飾られていたかわいらしい部屋。静かに鳴っていたラジオ。おばあちゃんはＦＭが好きで、よくピアノ曲が鳴っていた。満ちている日差し。窓辺の観葉植物。編み物をするおばあちゃん。ぼくのために緑色のマフラーを編んでくれていた。クリスマスにプレゼントにあげようね、って。

こたつ布団の上に猫の鞠子。ぼくのひざの上に気持ちいい重さと体温を感じる。優しい鞠子は、ぼくがなでると、子猫をなめるように、ざらざらの舌でぼくの手をなめてくれる。

光は部屋いっぱいに満ちて、ベランダで育てられているきれいな花々にも光は満ちて。

あの庭はなくなってしまった。もう二度と見ることはできない。

千鶴先生は、子どもの頃、海外でお医者さんとして働いていたお母さんが病気になって、ひとりきり、おばあさんだったお銀《ぎん》さんというひとの暮らす、海馬亭にきたのだそうだ。お銀さんはお花屋さん（お店は海馬亭の一階にあったけれど、いまはシャッターがおりていた）。この海馬亭の管理人さんで、ここにすむひとびとを、まるで自分の家族のように、面倒をみていたそうだ。

ずっとすむひとのたえなかった海馬亭だけれど、ここ数年は、もうすむひとのいない状態になっていたそうだ。ちょうど、古い住人たちが、仕事の関係で、それぞれにここをでていくようになったこともあって、もう新しい住人を呼ぶこともなかった。

そうして、お銀さんが亡くなってからは、玄関の扉に鍵をかけて、海馬亭は無人のまま、眠りについていたそうだ。

「お銀さんが、天に召されたからね。あのひとがいない海馬亭なんて……。あのひとは管理人のプロだったもの。だからいったん、このアパートは終わりにしたの。わたしはもうその頃は、遠くの街の大学に通っていたしね。それで、ここは無人になった」

あれは何回目の診察のときだったろう。二回目か、三回目の時だったと思う。ぼくは先生に呼ばれるまま、三日に一回は、その病院に通うことになっていた。診察、といっても、痛い検査をしたりすることはなく、熱を測ったり、問診をしたりしたあとは、四方山話《よもやまばなし》をするだけの時間だったんだけど。あとで調べてわかったんだけど、あれは、カウンセリン

グというものだったのかもしれない。でもそのときのぼくにはこれも治療の一つだという
ことがよくわからなくて、こんなことして意味があるのかなあと思っていた。

だけど、もう回れるだけの病院は回ってしまったし、できるだけの検査もしてしまった
ので、ぼくにはもういける病院はなかった。

それに、うちにいると、落ち込んでうなだれる父さんや、泣きそうな顔をしている母さん、つられて元気がなかったり不機嫌になったりする双子をみていなくてはならないので、三日に一回でも、家を出ることができたのは、ぼくにはいいことだったんだ。

お銀さん――先生のおばあさんが亡くなった、と、きいたとき、ぼくは死んだおばあちゃんのことを思いだして、心がぎゅっと痛んだ。

だけど、千鶴先生がいうには、そのひとはたぶん幸せに亡くなったのだそうだ。

「その日は、わたしは冬休みで家に帰っていたの。冬のあたたかい日にね。揺り椅子で、うたたねをしているな、と思ったら、ふっとみたら、もう息をしていなかったの。笑ってた。楽しい夢をみていたのか、それとも、誰かが迎えにきたのか……。

遠い昔の戦争で、家族や大事なひとを亡くして、戦後も苦労して、がんばって生きてきたひとだから、いまは空の世界で、あいたかったひとたちと再会して、楽しく暮らしてるんじゃないかなって、わたしは思ってる」

とっても長生きしたの、だからもう未練とかはなかったと思うわ、と、先生は笑う。

千鶴先生の第二診察室の机には、そのひと――お銀さんというひとの写真が飾ってある。きちんと着物を着て、背筋を伸ばした、りんとした感じのおばあさんだ。優しそうなのに、きれいな黒い目が、ほんの少しだけ鋭いところが、先生と似ているかもしれない。

「わたしね、景くんくらいのころ、ぐれた時期があってね。ワルになってやるんだ、とかいって、お銀さんを困らせた時期があるのよ。でもお銀さんは、いつもわたしのことを見守って、愛してくれていた。だから――おとなになったら恩返しをして、大事にしてあげようと思ってたんだけど、その前に、死なれちゃってね。まいっちゃったんだよね」

ははは、と先生は笑う。目の端に、ぽっちりと、涙のかけらが光っていた。

ぼくは――うつむいて、自分のジーパンのひざのあたりをぎゅっと握った。

ぼくは、ぼくも、おばあちゃんに恩返ししたかった。毎日のように遊びにいった、あの団地の部屋を、鞠子とおばあちゃんのいる部屋を、ぼくはほんとに大事に思っていて――だからぼくのために扉を開いてくれるおばあちゃんに、何かしてあげたいな、って、心の中でいつも思っていて。……クリスマスに、おばあちゃんがマフラーをくれるのなら、ぼくは何をお返ししようかな、って、ひそかにプランを練っていた。

でも、その日はこなかった。病室でも編み続けていたというマフラーは、ぼくのところには届かなかった。あのマフラーは、どこにいったんだろう？

『クリスマスのもみの木の色なのよ』

って、おばあちゃんがいっていたふわふわの緑色のマフラーは。

……でもどうせ、ぼくにはあのマフラーをもらう資格はなかった。だからあの緑色のマフラーはどこかに消えてしまったのかもしれない。

ぼくは奥歯をかみしめる。

おばあちゃん。ごめんなさい、おばあちゃん。ぼくは、おばあちゃんを傷つけた。死んじゃったおばあちゃんが、ぼくを責めない代わりに、ぼくがぼくを許しませんから。

涙がこみあげてきそうになった。でもぼくは、涙をこらえた。かみ殺すみたいに。

ぼくには泣く資格なんてない。ぼくは千鶴先生とは違うんだ。

ふっと思った。歩けなくなったのは――ひょっとしたら、これは悪い子だったぼくに、神様か妖怪が当てた罰だったかもしれないと。呪いとか天罰とか、そういうもの。

おばあちゃんはそういう存在を信じていたんだもの。好かれていたものたちが、ぼくを許せないと思ったとか、ありそうな話じゃない？　ありえない……けど。でも。だけど。

ぼくはひざのあたりを握りしめる。痛むほど。もっともっと痛むほどに。

「――景くん？　大丈夫？」

先生の声が、遠くで聞こえる。

ぼくは、笑おうとした。

「だ、だいじょうぶです」

「だいじょうぶじゃないでしょう？」

優しい声がいう。

足音が近づいてきて、ぼくのそばに、先生がしゃがみこんだ。黒い目が見つめる。

「悲しいときは、笑わなくていいんだよ？」

ぼくは、診察室の、自分が座るソファに寝そべっていた猫をぎゅっと抱きしめた。鞠子と同じ、年とった優しい猫を。のどを鳴らしてぼくの顔をなめる優しいとら猫を。

抱きしめて、抱きしめて、そしてぼくは、少しずつ、団地のおばあちゃんのことを、先生に話したのだった。父さんや母さんや、友達にも話したことのなかったことを。


ぼくは、海馬亭の自分の部屋で、ベッドに寝そべって、天井《てんじょう》を見上げた。

寒くなってきて、ころんと身を縮めた。

窓の外の空の色が暗い。夕方が近づいてきているんだろう。

時がたっていく。時間が過ぎていく。

ぼくは、ため息をついた。

世界は、さよならばかりだ。

みんな消えていく。みんな去っていく。ぼくが好きだったものは、みんな亡くなってしまい、滅び去ってしまうんだ。

過去に、帰りたいと思った。

光があふれる団地の部屋で、おばあちゃんと鞠子とこたつに入っていた時間に。

あの時間に帰れたらどんなにいいだろう。

できるなら、あの幸せな時間を、透明なレジンに封じ込めて、そのままにしたかった。

時が止まれば良かったんだ。そんな魔法があればいいのに。

「小さい頃、そんな魔法に憧《あこが》れたっけ」

うちの母さんは昔から病弱なひとで、何かあると熱を出して寝込んでいた。そのたびにぼくは、母さんが死ぬんじゃないかと思って、おろおろとした。神様、母さんを死なせないでください、と、お祈りをした。いつもいつも、祈っていた。

で、ある日気づいたんだ。——病気で死ななくたって、どのみち、母さんは、父さんも、いつか死んでしまうんだって。

なぜって、人間は、年をとるから。人間は永遠には生きないから。

父さんだって母さんだって、ぼくも小さな双子も、みんないつか死んでしまう。それは、ひとが時間の流れの中で生きている限り、仕方がないことで。

それに気づいた小さなぼくは、一心に祈り、お願いをした。

神様、ぼくに時を止める魔法の力を与えてください。ぼくはその力で、父さんと母さんと双子たちと、そしてぼくの好きな人たちの時を止めますから。

そうしてみんなが、この地上で、長く生きられるようにしますから。永遠に。

その祈りは、ことあるごとにしていたような気がする。幼稚園のときに教わった、天の神様だけじゃなく、近所の神社の神様にも、通りすがりのお寺にも、お願いしていた。

神様はどこにもいなかったのか、浮気者は嫌われたのか、それとも、そんな自分勝手な願いは知ったことじゃない、と思ったのか、とにかく小さなぼくにその魔法の力は与えられることはなく、ぼくは普通の人間のまま、こうして暮らしていて、そしていまに至る。

人間も、猫も、永遠に生きるもんじゃないってわかってる。でも、だからぼくは——ぼくは、丸くなり、ぎゅっとひざを抱《かか》えた。

時が止まればいいと、いまでもどこかで思ってるのかもしれない。

未来なんてみえなくてもいい。おとなになんてならなくていい。この先の未来に、さよならばかり続くなら。失っていくばかりなら、ぼくは、この先に進まなくていいんだ。


気がつくと、部屋が暗かった。部屋はいよいよ寒くなっていた。

そうだった。忘れていたけど、いまはもう十二月で、真冬なんだった。部屋のオイルヒーターのスイッチは入れているけれど、温度を上げるかどうかしないとだめみたいだ。

あとそれと——おなかがすいたな。何か食べたい。なにかあたたかいものが。

耳を澄ませたけれど、海馬亭には誰の気配もない。千鶴先生はまだ着いていないのかもしれない。

地下の古いレストランにあるキッチンで好きなものを作ってもいいのよ、とはいわれていた。材料をいろいろ冷蔵庫に入れておくからね、って。

千鶴先生は、柏木病院に勤めることになったのをきっかけに、この年末あたりから、またこの海馬亭をすめるようにしようと思っていたところだったのだそうだ。風早の街と光野原市なら、車や電車でなんとか通えるので。

で、自分がここに暮らすのだったら、またいろんなひとたちに海馬亭にすんでもらうのもいいかもな、と思い始めたところらしい。

『それがね、面白いことに、わたしが子どもの頃に、ここにすんでいたひとたちで、最近、また海馬亭に戻ってきたいんだけどって連絡をとってきてくれたひとたちがいてね。そういうひとたちを、この際、呼び戻そうかと思って。で、ちょっとこの十二月は、本格的にここにひとをすまわせるための、助走期間っていうのかな？

景くんを海馬亭に呼ぶのも、まあそのついでっちゃついでみたいなもので。だって、にぎやかな方がいいでしょう？　クリスマスとかさ、みんなで楽しい夜にしようね』

今日の夜くらいから、他のひとたちもくるといっていたっけ。それと、お手伝いにメイドさんをお願いするのもいいなってつぶやいていたような気がする。昔からたまにきてもらっていたひとがいるとかなんとか。

ああ、じゃあ、千鶴先生や、そのひとたちのために、何か作って待っているというのもいいかも――。みんな働いて帰ってくるんだし、ご飯が待っていたら嬉しいよね。

「よし」

ぼくははずみをつけて、起き上がろうとした。――けれど。

身を起こし、ベッドから足をおろそうとして、怖くてできなかった。――立てるんだろうか？　この足はぼくの体重を支えられるんだろうか？　床についたら、またぐにゃりとするんじゃ……。そして、もし立てたところで、ぼくは歩けるのか。

足が震える。わかってる。また歩けないんだ。先月からずっとそうじゃないか。

ベッドからおりるのが怖かった。寒いのに、額に汗が浮かんだ。

千鶴先生の魔法の杖を必死に目でさがす。あった。ああ、でも遠い。ぼくはなんだって、あんな遠くの、本棚の横なんかに、あの小さな杖を立てかけておいたんだろう？

ぼくはベッドの上を這《は》うようにして移動した。怖くて立ち上がることができなかった。

そこから本棚へと手を伸ばそうとする。自分でも届くはずがないとわかっていた。

でも、無謀なこととわかっていても、そのまま手を伸ばしたかったんだ。

案の定、ぼくはベッドからずり落ちそうになり、床にそのまま転落しそうになった。

そのときだった。ノックの音がした。

「こんばんはあ」

ノックの音とほぼ同時に、誰かが明るい声でいいながら、いきなり部屋に入ってきた。

「ねえ。おにぎり作ったんだけど、よかったら食べませんか？　握りたてだから、あつあつよ。インスタントのお味噌汁もあるのよ。ちっちゃいカップ入りのかわいいの」

「――え、っと、誰、どなたですか？」

ベッドカバーにしがみつきながら、混乱した頭で、ぼくはたずねていた。

知らない女のひとが、そこにいる。長い髪の、若い女のひとだ。

灯りをつけないままの、寒くて暗い部屋に、片方の手に何かを持って、おぼんかな？　なんだか、楽しそうな感じで立っている。

他にひとがいないと思っていたし、とうぜん、ドアに鍵なんてかけてなかった。ていうか、落ちる――。

ドアの前にいたはずのそのひとが、いつのまにかぼくのそばにいて、ぼくを受け止めてくれていた。肘《ひじ》のあたりをつかんで、立ち上がらせてくれながら、くすくすと笑う。

「危ないなあ。寝ぼけてたの？　それともきみって、どじっこさんですか？」

カーテンを引かずにいた、窓の向こう、薄紫色のたそがれ時の光が満ちる空から、薄青い光が、斜めに部屋に射し込んできていた。

若い女のひとだった。長いワンピースの上に、エプロンを着けている。年は、ええと、千鶴先生よりも若いくらいなんじゃないかな。ふわりと長い赤い髪をしていた。薄茶色の目は、気のせいか、金色に猫の目のように光って見えた。口元が楽しげに笑っている。

ぼくのからだを支えてくれている腕からは、野の草のような、良い香りがした。

「……え、あ。すみません……」

ぼくは口の中で、ありがとうございます、といった。

あ、ひょっとしてこのひとは、さっき見かけた、一階の廊下に立っていたひとなんじゃないだろうか。トランクを提げていたひと。あれは錯覚じゃなくて、お化けをみたとかそういうのでもなくて、あのとき、物思いにふけっていたぼくが、単に見逃しただけだったのかも。

同時に思っていた。千鶴先生がいっていた、海馬亭に戻ってくるはずのひとたちの中のひとりなんだろうか。

それか――ぼくは、よく似合っているエプロンをみる。メイドさんなのかもしれない。

そのお姉さんは、お盆を片手に載せたまま、くるんと踊るように身をひるがえし、壁の灯りのスイッチを入れた。楽しそうに、ベッドの横の丸いテーブルに、お皿をおいた。きちんとのりをまいた、小さな、俵型《たわらがた》のおいしそうなおにぎりが、山盛りになっている。おいしそうで、おなかがきゅうっと鳴った。そして、そのひとは片手で持っていたおぼんから、かるがると魔法瓶《まほうびん》をおろし（旧式で重そうな丸い感じの魔法瓶だった）、テーブルの上においたカップ味噌汁のふたをあけて、こぽこぽと、白い湯気が立つお湯を注いでくれた。赤味噌で具はわかめらしい。

「ああ、いい匂い」

お姉さんは満足なときの猫のように、目を細める。そして、独《ひと》り言のように続けた。

「まったく人間の世界には、おいしいものや素敵なものがたくさんあるのよねえ。ところで、きみはどうして元気ないのかしら？」

いきなりきかれた。

「どうして、って……」

「さっき下ですれちがったときから、なーんか元気がない男の子がいるなあって気になってたの。おなかすいてるのかなあって思って、おにぎり配達にきたんだけど、よくみると、どうもそれだけじゃないっぽいなあって」

首をかしげて、ぼくの方を見る。

「……え、あ、ぼくその、足が」

「足？」

「歩けない、んです。うまく歩けなくて」

「え？」

お姉さんは、オウムかなにかのように、くりんと首をかしげた。じっとぼくの足をみる。

「けがもしてないし、病気でもないわよね？」

「えっと、検査しても異常なくて」

レントゲンやMRI、CTスキャンじゃあるまいし、このお姉さんは、みるだけで、そういうことがわかるっていうのか？　と、ぼくは思った。まあ深い意味はなく、そらそこにちゃんと立ってるじゃない、っていいたいんだと思うけど。そう、実際ぼくは、一度立って歩き始めさえすれば、歩けるんだから。

——だから、病院で、これはやはり器質的な異常がないともいわれちゃうんだけど。

「わたしの目には健康な人間の足にみえるけどなあ。ほんとのほんとに歩けないの？」

からだを折って、ぼくの足をみる。

「えっとあの、それでぼく、ここに、海馬亭に治療にきたんです。千鶴先生——源先生が、ここで十日ゆっくり過ごすといいっておっしゃって、それで」

「千鶴先生？」

お姉さんは、目をきらりと輝かせて、顔を上げた。にっこりとほほえむ。うたうように、

「そっか。そうだったね。あの子は、お医者様になったんだ。そしてあなたは、あの子の患者様、ってことなのね。そうなの」

優しい優しい目をした。

その目は、どこか遠くを見ていて、そして、ふっと年を重ねたひとの目のようにも見えた。団地のおばあちゃんが、ときどき遠い昔の懐かしいことを語ってくれたときにみせて

くれたような、そんなまなざし。

千鶴先生のことを、「あの子」っていうってことは——じゃあこのひとは、メイドさんじゃないのかなあ？　いやわからない。昔からきていたっていうメイドさんなら、そういういい方をするかもしれないし。ただ、だとしたら、年上みたいにみえる千鶴先生のことを、「あの子」っていい方で話すかなあ？

昔ここにすんでいたという誰かの中のひとりなんだろうか？　ぼくは手紙の中に出てくる、あのひとこのひとの名前を思い浮かべた。

「——あの、お姉さんはどなたなんですか？」

「わたし？　わたしは……」

元気にそのひとは答えかけて、そして、ふっとうつむくと、笑っていった。

「ないしょ」

「え？」

からになった丸いおぼんをくるりと背中に回して、踊るようにしながらいった。

「わたしはただの、心優しい謎のお姉さんです。おなかがすいた元気がない少年に、おにぎりを配達にきた、エプロン姿の天使なの」

「えっ？」

「謎の美少女と呼んでくれてもいいけど？」

いや、お姉さんわりとかわいいけど、そういう年じゃないと思うし。

ぼくが口ごもったとき、電話が鳴った。

部屋の電話じゃない。どこかな？　遠い。電子音じゃなく、昔の電話のベルの音だ。

ずいぶん大きい音だけど、どこにある電話だろう？

「一階の、ロビーの電話じゃないかな？　あの電話、まだ使えたのね」

お姉さんがいった。

電話のベルは鳴り続ける。

──あ、千鶴先生かもしれない。

ぼくは一応杖を手に、なるべく急いで、エレベーターに向かった。

謎のお姉さんは、ぼくといっしょにきているかな、と思ったけど、気がつくと、ぼくはひとりきりで、エレベーターをおりていた。

四角い箱で揺られているうちに、なんだか頭が冷えてきて、冷静になってきた。

「きっと、昔ここにいた誰かだよね」

名前くらい、教えてくれればいいのに。

ぼくは、十七年前の手紙に書いてあったひとびとの名前を思い浮かべる。当時、ここで暮らしていた、それぞれに、少しだけ風変わりで、でも、心温かい、優しいひとびと。

学生をしながら、ゲームの開発会社に勤めていた玲子《れいこ》さん。からだは男、心は女の、きれいな歌手のリリーさん。ピアノ弾きの伊達《だて》さん。――あと、人間じゃない住人の、幽霊の純子《すみこ》さん、とか。えっと、それから……。

ぼくは、エレベーターからおりながら、ちょっと眉間《みけん》にしわを寄せる。

ちょっと待て。あの手紙はそもそも参考になるのか。

熟読してみないと断言はできないというか、いややはりもう断言していいような気もするけれど、あの手紙はぼくには、童話にしか思えなかった。誰かが書いた作り物の手紙。

あの手紙は、昔に誰かが書いた、手紙のかたちをした童話なんじゃないのか。書簡体、とかいうんだよね、たしかああいう書き方。

「ひょっとして、書いたのは、子どもの頃の千鶴先生だったりして……」

その推理はありうる気がした。

お母さんのそばを離れて、暮らし慣れない日本のなじみのないおばあさんのところにきた女の子が、さみしい思いをぶつけるために、ひとりで童話を書く。ありそうじゃないか。

「それで、ぼくに、この手紙の感想をいいなさい、と、宿題にしたのかも……」

それでぼくが歩けるようになる、という因果関係がいまひとつわからないけど、おとなの理屈で、「子どもの頃のわたしもこんなにさみしかったんだけど、いまは立派なおとなになって、それもお医者さんなんてエリートになったんだから、あなたもがんばれるよね？」なんてことがいいたいのかも……。

電話をさがして、ロビーを歩きながら、ぼくは、ふと首を横に振った。

「……それは違うかな」

普通のおとなならいいそうなことだけど、あの千鶴先生は、そんなことといわないような気がした。――ぼくの初恋の、もとい、ぼくが信頼している、あの千鶴先生は。

「まああの手紙は、先生が書いたものかもしれないけどね。それはそうかもだけど」

だって、遠い山からやまんばの娘が風に乗っておりてきて、街でいろんな不思議な出来事にであう、なんてことあるわけないし。

あの手紙はいったい何なんだろう？　あの古い手紙の束は。宿題よとわたされたまま、ぼくはまだあの手紙についてくわしいことを何も知らされていない。

ロビーには電気がついていた。さっきの、あのお姉さんがつけたのかもしれない。

電話発見。

ぼくは、ロビーの壁《かべ》のそば、アンティークの電話台におかれた黒く光る電話機の受話器を、あげた。おばあちゃんちにあったのと同じだ。懐かしい電話。

もしもし、という前に、受話器の向こうから、声がした。

『もしもし、千鶴ちゃん？』

低い、とてもきれいな声だった。ビロードみたいにつやがある声。

『あたしよ、リリーさん。天才歌手のリリーさん。……今夜からそっちに帰るって約束してたわよね？　帰りたいんだけど、あのねえ、あたし、すごい酔っぱらっちゃって……お仕事の打ち上げで、すごい高級な美味しいお酒がたくさん出たんですもん。もったいなくって、断れなくってえ』

声が楽しそうに笑う。

『悪いけど、迎えにきてくれない？　丘の上の、風早ホテルにいるから。……えっと、そうね、正面玄関のあたりの、羽が生えたライオンの像の前にいることにする。じゃ』

「あ、あの……」

『早くきてね。今夜は毛皮のコート着てても、風邪《かぜ》引いちゃいそうに寒いから』

ほがらかに笑う。電話はいきなり切れた。

「えっと、ええっと……」

ぼくは、受話器を握ったまま、途方に暮れた。

「あの、ぼくは千鶴先生じゃありません……」

今更弱々しく、電話の向こうにいっても、電話はむなしく、つーっというばかり。

あの、ぼく、この街にきたばかりで、地理とか全然詳しくないんですけど。風早ホテルって、どこにあるんですか？

「ああもう」

ぼくは電話を置く。そしてポケットから、ｉＰｏｄと、ＷｉＭＡＸのモバイルルータを出すと、地図アプリを起動して、現在地を示し、その風早ホテルを探した。よかった。近くにあるらしいバス停からバスに乗れば、十分くらいでいけそうだ。

「こんなこともあろうかと、父さんからルータを借りといて良かったよ」

いやまさか、あるとは思ってなかったけどね。ぼくはため息をつく。病人は病人らしく、この休みの間は、海馬亭の建物の中で、休んでいようと思っていたのに。

ぼくは、肩にひっかけていたジャケットにきちんと袖《そで》を通し、玄関を出かけて、一応、階段の上の方を振り返った。

「お姉さん——あの、謎の美少女のお姉さん。ぼくちょっと、風早ホテルまで出かけてきますから。留守番をお願いしますね」

そのときぼくは、ふっと気づいた。一階の、さっきは暗く人気がなかった、ガラスの向こうのコーナー。お花屋さんがあっただろう場所に、灯りが灯《とも》っている。

「あれ？」

おかしいなと思った。あの謎のお姉さんが、灯りをつけたんだろうか？

ポケットにｉＰｏｄとルータをつっこんで、杖を抱えて、ぼくは外に出た。

冷たい風が吹き付けてきて、ぼくは、うっと顔をかばった。

「ぼくは病人なのに、おまけに、きたばかりの知らない街で、なんで冬の夜道を、酔っぱらいを迎えにいかなきゃいけないんだよ？」

ていうか。おなかがすいたな……。

さっき食べ損なった、握りたてのおにぎりと、湯気が立っていたカップ味噌汁のことを思いだす。……ああせめて、あれを一口でも食べられたらよかったのに。

まったくもう、といいながら道を急ぐ。我ながら地図を覚える能力と、方向感覚には優れているので、すぐにバス停を発見する。いいタイミングで、明るい灯りを照らしてゆらゆら走ってきたバスに乗る。……あったかい。

座席に座って、ぼくは窓越《ご》しに、これから十日暮らす街の姿をみる。駅前の大きな商店街。クリスマスの飾りつけ。きらめくたくさんのお店。そびえる建物。道を歩くたくさんのひとびと。建物には、古い建物と新しいそれとが入り交じっている。

ぼくの住む光野原市は戦後に切り開かれて作られた街なので、道路も直線だし、ビルも新しいものしかない。それからすると、風早駅前の、このにぎやかだけど、どことなくごちゃごちゃした感じは、落ち着かないような、わくわくするような、不思議な街並みに見えた。おばあちゃんからきいて知っているせいか、懐かしい感じもする。

バスは、大通りをそれる。商店街の灯りから遠ざかり、ゆるゆると、暗い長い坂を上《のぼ》っていく。どこにいくのかと、iPodで地図をみてみたら、これはどうも、古い住宅地や歴史がある建物がたつあたりにのぼっていくらしい。

『次は、ホテル風早前。古い歴史とロマンのホテル、ホテル風早におこしのお客様は、こちらでお降りください』

テープが流れる。ぼくはあわてて椅子から立ち上がり、そのバス停でおりた。

おりてから、気づいた。

あれ、ぼくはいま、自然に立ち上がって、自然に歩き出していた、ような……。

「――治った？」

まさか、と首をふった。足が嫌な感じに重くなってきたから、歩き方を忘れないうちに、ホテルらしき建物をめざして歩いた。闇に光を放つ、大きなホテルがそこにある。

ホテルを囲う、よく茂った生け垣にも、ホテルそのものにも、きれいなキャンディみたいな灯りが灯してある。そういえば、クリスマス前には、ホテルはあんなふうに、きれいに電飾を、きらきらぴかぴかさせるんだっけ。クリスマスツリーみたいだ。

ぼくは急ぎ足で、暗い坂を上る。重くなる足に力をこめて。

自然と、肩が怒っていた。息が切れる。

「ライオン……羽がついたライオンの像、と――正面玄関の前っていってたっけ」

あたりを見回す。

と。電飾を飾られた、古めかしいライオンの像のそばに、寄りかかるみたいにして、毛皮のコートを着た、長い髪の女のひとが、立っていた。背が高い、がっしりした感じのひとだ。そばにホテルのひとたちだろう、制服を着たひとびとが、心配そうに立っている。

ぼくが、あの、と、声をかけると、そのひとは、ぱあっと嬉しそうな笑顔で顔を上げた。

「あ、あれ……？」

ぼくは目を瞬《まばた》かせた。——あのひとって、テレビで有名な、タレントで歌手の、リリアンナ・フランシーヌじゃないの、かな？

お料理番組やグルメ番組、お洒落《しゃれ》情報について語る番組に、よくコメンテーターとして登場しているひとだ。母さんがそういう番組を好きだから、ぼくも知っていた。

リリアンナさんは、からだを起こし、大きくぼくに手を振った。

「千鶴、千鶴ちゃん、ここよ——」

ホテルのひとに、あでやかな笑顔でいう、きれいな声が響く。

「迎えがきたみたいだから、もういいわよ。心配させちゃってごめんなさいね。近所だから、あの子と歩いて帰るから」

ホテルの人たちは、ほっとしたようにぼくをみる。ぼくとリリアンナさんに頭を下げて、ホテルの中に帰っていく。

「——えっと、あの、ぼく……」

リリアンナさんのそばにいって、ぼくは口ごもる。辺りを見回す。ホテルの正面玄関の前にある、羽がついたライオンの像は、この像だけ、だと思う。毛皮を着た酔っぱらいもこのひとだけで——ということは。

「お迎えありがとう」

低いつややかな声で、リリアンナさんはいい、ぼくの肩に遠慮なく寄りかかる。濃い香水と煙草《たばこ》と、お酒の匂いがする。

「さ、懐かしの海馬亭に帰りましょう。——それにしても、千鶴ちゃん、あなたなんだか、前と雰囲気変わったわねえ」

いや、雰囲気変わるも何も、別人ですから。

ぼくは内心あきれながら、光るホテルを背に、リリアンナさん——リリーさんを寄りかからせて歩く。ああもう、ほんとにぼくは病人だったはずなのに。なんでこんなことに。

そういえば、と思いだす。先生が子どもの頃、海馬亭にいたひとで、有名なタレントになったひとがいるって、先生がいっていたような。

ふとしたことからテレビのワイド番組に出て、それがきっかけで魅力が認められて、有名人になっていったとかなんとか。

「リリーさんのことだったのか……」

ぼくは、夜道を歩きながら思う。あの謎の手紙の中で、少なくとも、歌手のリリーさんは、実在の人物で、いまはこうしてここにいて、海馬亭に帰ろうとしてるんだなあ。

バス停がみえてきた。

「あの、リリーさん。ほら、あそこから、バスに乗って帰りますよ」

「やだ。乗らない」

「え」

「酔い覚ましに、夜風に当たって帰りたいの。そんなの酔っぱらいの常識でしょう?」

「え、と。そういうものなんですか?」

「知らないの? おぼえときなさい。あのねえ、乗り物に乗って帰るくらいなら、ホテルからタクシーに乗って帰ってるわよ。気持ちよく夜風に当たって帰りたいから、千鶴ちゃんを迎えに呼んだんじゃない?――ほんとは、玲子ちゃんや、由布ちゃんがよかったんだろうけど、玲子ちゃんはいまはもう若き会社経営者で、外国にいっちゃってるし、由布ちゃんはほら、故郷の山に帰っちゃったしね……」

そこで、酔っぱらいは、ぼくの顔をまじまじとみて、

「あら、なんか変ね? 千鶴ちゃん、あんたは、医大生になって、いまはお医者さまなんじゃなかったっけ? なんで子どものままなの? それによくみると似てないじゃない」

「あの、だからぼくは、藤沢景といって……」

「ま、そんなのどうでもいいわ。夜風に当たって、気持ちよく帰りましょ?」

どうでもよくない。けっしてどうでもよくはない、と、ぼくは思う。

でも、リリーさんは、その次の瞬間には、歩きながら寝てしまった。

「なんだよ、もう……」

このままバスに乗っちゃおうかな、と、思いながら、そうしなかったのは、そのとき、ふと、坂の上から見おろした夜景が、とても美しかったからだった。

「なんて……きれいな夜景」

ホテルを飾っていたクリスマスの飾りのような光が、目の下の街を光らせていた。街の灯りと、走っていく車の灯すライトの流れ。そして、遠くの海の波の光。灯台の灯り。

夜風が吹きすぎ、ぼくは身を縮めた。

寒かったけれど、でも、潮の香りがする風を、ぼくは胸いっぱいに吸い込んだ。

ちょっと笑って、そして、眠るリリーさんを肩に寄りかからせたまま、歩き始めた。とりあえずは自分で歩いてくれるので助かる。

「バスで十分だったから、歩いて、ええと、三十分はかからないと思うけど……」

たまには、夜風に当たるのもいいよね。酔っぱらいじゃないとしても。

くしゃみがでた。

「……風邪を引かない程度には、早めに帰りたいけどね」

さっきバスが走った道を大体覚えているつもりだった。でも、この街の地理には詳しくないので、路地を抜けるとか、近道をさがすとか、そういうショートカットはしないでいこうと決めていた。なんとか歩いてくれるとはいえ、リリーさんは重たいしね。

坂道は長かった。道沿いの街路樹と、古い家々の庭に生《お》い茂《しげ》る木々が、風に揺れながら、道へとおおいかぶさっている。足下は古い石畳《いしだたみ》で、気をつけていないと、歩きづらかった。どういう加減か、とくに足下が滑りやすいところがあって、下を向いて歩いていたら――気がつかないうちに、薄暗い通りに迷い込んでいた。

ぼくは顔を上げて、あたりを見回した。

黒い影のような背の高い木々が、ざわざわと、森のように茂っている。

そして、黒い木々の中に、まるで怖い絵のように、廃墟のような建物があった。――かかっている看板によると、病院だった建物なんだろうか？　窓ガラスが割れ、のぞいている部屋の中は、怪物の口の中のように真っ暗で、闇で満ちている。壁に掛かるツタが、黒く、風に揺れている。そのようすが、まるで妖怪が、こちらにおいでといっているようで。

心臓がどきんとしたけれど、すぐに、木々の間に、ちらちらと瞬く光をみつけてほっとした。街灯の灯りだ。その向こうに、ゆらりと遠ざかる、バスの窓の灯りも見えた。

そちらに向かおうとしたとき、子猫の声がした。

かぼそい、鳥が鳴くような声。

聞き違いかと思ったけど、足を止めて耳を澄ませたら、やはりそれは子猫の鳴き声だった。なんでこんなところで、夜に、子猫の声が？

「捨て猫、かな？」

捨て猫だったとしたら、こんな人通りのなさそうな、ぶきみな廃墟じゃ、気づく人も拾う人もいないんじゃないかな？

ふうっと、ひときわ冷たい風が吹いた。

「こんなに寒いんじゃ、拾われる前に、風邪引いて死んじゃうんじゃないかな」

死ぬ。その言葉に、胃のあたりがずんとした。死ぬ。いまどこかでか細い声で鳴いている子猫が、死んでしまうかもしれない。

ぼくは、子猫を呼んだ。舌を鳴らして、呼んだ。団地に住んでいた野良猫たちだったら、こんなふうにしたらきてくれた。おばあちゃんちの鞠子だって、振り返ってくれた。

子猫は出てきてくれなかった。

自分で歩けるほど大きくないのかも。それか、歩けないくらい弱ってる？

ぼくは、リリーさんをその辺において（ごめんね、と謝りつつ）、子猫をさがした。

森の木々の根元を見て、廃墟の敷地のあたりをぐるぐる回って。でも、子猫はいない。

ぼくは、つばを飲み込んで、病院をみた。

これでいないとなると――子猫は、あの暗い病院の中にいるのかもしれない。

闇の中に沈み込み、闇をいっぱいにのみ込んでいるような病院は、暗かった。

怖かった。

ここへきて、おばあちゃんからきいた、この風早の街のことが、いろいろと思いだされて。――ここは、妖怪や幽霊がいっぱいすむ街なんだ。ということは、あそこにお化けがいても、変じゃない。ていうか、いかにもでそうな雰囲気。

「でも、お化けなんて、いるわけないし……。ぼくそんなもの信じてないし……」

いつものように思おうとしても、怖いものは怖かった。足がすくんだ。

子猫の声がした。病院の方から。

それはとても悲しい声だった。そして、せいいっぱいにはりあげた、助けを呼ぶ声だった。声は、いっていた。叫んでいた。さみしいって。ぼくには猫の言葉はわからないけれど、そのときは、はっきりと意味がわかった。

サミシイヨ、サムイヨ、タスケテ、ダレカキテ、オナカスイタヨ、サミシイヨウ、ヒトリボッチダヨ、サミシイヨウ、コワイヨウ。

「いくよ、いまいくから……」

ぼくは、足に力をこめた。闇色の病院に向かって足を踏み出した。

と、そのときだった。足下のやぶにはえていた枯《か》れたつる草に足を取られたのは。

ぼくは、いっそ見事なほど、ころんだ。冷たい地面の砂利で、手やひざをすりむいた。

地面の上に投げ出されて、手からお守り代わりの、魔法の杖が離れた。

「あ」

しまった、杖なしで立てるだろうか、と、思った瞬間に、頭が真っ白になった。

呼吸が速くなり、胸がどきどきと鳴った。

ぼくは、立ち上がれるだろうか。歩けるんだろうか。暗闇の中の、どこにいるのかわからない、子猫をさがして、子猫を助けて、リリーさんもつれて、海馬亭に帰れるのか。

子猫は、か細い声で鳴いている。

ぼくはそちらに向かって、這った。立ち上がろうとしないままに、でも、暗い病院に向かって、進もうとした。砂利の中に、ガラスのかけらでも混じっていたんだろうか。手のひらが鋭く切れる痛みが走った。

冷たい風が吹きすぎた。

風は、窓ガラスが破れた病院の中へも、吹き込んでいる。子猫の声がふっとやんだ。

「待って」

ぼくは叫んだ。

「待って。死なないで。お願いだから」

もう誰かがいなくなるのはいやだ。死なれるのはたくさんだ。ぼくの力が足りないせいで、ぼくに勇気がないせいで、誰かが悲しくひとりで死んでいくなんて、いやなんだ。

ぼくは地面に手をついた。凍るように冷たい土を、痛む手のひらで押して、はずみで立ち上がろうとした。でも、ぼくの震《ふる》える足は、ぐんにゃりとして、動いてくれなかった。

ぼくはその場にころんだ。顔と手足が砂利に叩きつけられ、息がとまるほど痛んだ。

ぼくはうめいた。そして、泥だらけの顔で泣いた。冷たい地面の上で、泣きながら、でも、前に進もうとして、うまく動けなくて、悔しくて、泣いた。

そのときだった。

暗い建物の中の、墨を流したようなまっくらい部屋に、ぼうっと淡い光が灯った。

薄青い、とてもきれいな色の灯りだった。

なんだろう、と思ったとき、ふっと光が消えた。——と、思ったら。

目の前に、「その子」が立っていたんだ。子猫を抱いて。にっこりとほほえんで。

急に。突然に。まるで魔法のように。

『この子をさがしてくれていたの？』

水色のセーラー服を着ていた。校章がどこかの小学校のものだった。ああ知ってる、と思った。たしか、風早の私立の学校の制服だ。塾でみたことがある。小中高一貫教育の、とにかく成績優秀な子が多い学校なんだ。学費が高いから、通っているのは、いいうちの子どもが多いっていう。風早学院、といったっけ。

「あ、ありがとう……」

ぼくは、両手を伸ばして、小さな子猫を受け取った。暗くてよくわからないけれど、白猫かな？　黒い斑《ぶち》も、体のあちこちにあるのかもしれない。かぼそくて、汚れているみたいだけど、子猫は元気で、ぼくにしがみついてきた。あったかい。ぼくがなんとか体を起こして抱いてやると、のどをごろごろ鳴らした。

『よかった』

にこっとその子は笑った。

『昨日から、この子、この森にいたの。ひとりきりでかわいそうで、助けてあげたかったけれど、わたしじゃ、助けられないから……。この子を、あたたかいところに、連れていってくれる？　ご飯をあげて、いっしょに寝て、ぎゅっと抱きしめてあげてくれる？』

ぼくはうなずいた。

「うん。きっとそうするよ」

せっかく助けたんだもの。死なせないですんだんだもの。

ぼくが、この子猫を助けるんだ。

といっても、考えてみたらぼくはこの街の旅人みたいなもんだし、海馬亭の十日間だけの居候《いそうろう》だし、おまけに病人だ。

だけど——きっとなんとかする知恵があるような気がした。

「だって、せっかく生きてるんだものね。助けなくっちゃ」

女の子は、ほほえんでうなずいた。

『そうよね。せっかく生きてるんですものね。だから、生きなきゃ。幸せにならなきゃ』

「うん」

ぼくは軽い感じでうなずき、それから、ふと、不思議な感じがした。なんでこの子は、半袖のセーラー服を着ているんだろう？　夏の制服を着て、夜に、こんな暗いところで、ひとりきりでいるんだろう？

肩までの髪をふんわりと揺らして、その子は笑う。その笑顔にどこか見覚えがあるように思ったのは、ときどき、ふとしたはずみで、その子とぼくは表情が似ているからだった。知らないひとがみたら、ぼくたちを、きょうだいやいとこ同士なんじゃないかと思うかもしれない。それほどに、ぼくたちは似ていた。

なんだか、初めてあった気がしなかった。

「あの、ぼく、藤沢景。ケイは、風景の景。光野原第三小学校の六年三組。きみは？」

『あ、名前がおんなじだ』

その子は、楽しそうに笑った。

『わたしは安曇《あずみ》景。風早学院小学部六年鈴蘭《すずらん》組――六年鈴蘭組に、いたの』

ふっとその子の笑顔が曇《くも》った。

なんで過去形で語るんだろう？

そう思ったとき。

ふいに冷たい風が吹いた。風は森の中を、古い廃墟の病院の中を駆け抜けた。埃と土が舞い上がり、ぼくはうつむいてからだを丸め、腕の中に、子猫をかばった。

そして、顔を上げたとき、夏服の女の子は、もういなかった。

どこにも、姿が見えなかった。

「景――景？　安曇さん？」

ぼくは、声を上げて名前を呼んだ。子猫を抱きしめて、呼んだ。

その子の気配はどこにもない。いっそ、いまのが錯覚や幻覚だったと思った方が早いくらいに。でも――ぼくは子猫を抱きしめる。

ぼくの腕の中には、あたたかい子猫がいた。

この子を渡してくれた以上、夏の制服を着たあの子は、たしかにここにいたんだ。

景。風早の街にすむ、もうひとりの景。安曇さん。

そのとき、大きなくしゃみがきこえた。

「ちょっと、寒いと思ったら、ここはいったい、どこなのよう？」

毛皮のコートを体に巻き付けて、リリーさんが、震えながら身を起こしているところだった。乱れた髪をかき上げながら、

「ええっと、あたし、たしか千鶴ちゃんといっしょに、夜風に当たりながら、夜道を歩いてたところだと思ったんだけど。あの子はどこ？

――あら、そこの少年。あんた、誰？」

酔いが覚めたらしい。

ぼくは肩をすくめ、そして答えた。

「藤沢景。千鶴先生に診ていただいている患者のひとりです。――それであの、さっきまで、リリアンナさんが、千鶴先生と間違えていた子どもだったりもしますが」

「……あら？」

リリーさんは、口をぽかんとあけた。

そして、楽しそうに笑った。

「そういえば、薄ぼんやりと覚えてるような気がするわ。そうそう。わたしは千鶴ちゃんにホテルまで迎えにきてって電話をかけて」

「その電話に出たのがぼくでして」

「あんた、彼女の代わりにきてくれたの？」

「千鶴先生は、まだ海馬亭に着いてないみたいなんです。たぶん、病院の方が忙しくて、帰れなくなっちゃってるんじゃないかと思います」

「酔っぱらいの間違い電話だと思って、ほっときゃよかったのに？」

「そんなわけにはいかないでしょう」

ぼくはむっとして答えた。毛皮のコートを着ているといったって、酔っぱらって、ホテルの玄関先で迎えを待っているとわかっているひとをほっとくわけにはいかない。

「少年、きみ、いい子ね。気に入ったわ」

豪快に、リリーさんは笑う。そして、ぶるぶると身を震わせた。

「ところで、ここ寒いんだけど、なんで帰らないの？」

「子猫をさがしていたんです」

「子猫？　拾ったの？」

「はい」

「連れてくつもり？」

「はい。――やはりまずいでしょうか？」

「まあ、千鶴ちゃん、子どもの頃から猫好きだし、いまもずっと飼ってたはずだから、文句はいわないでしょう。いいってことにしちゃおう」

「はい」

ぼくが笑顔で答えると、リリーさんは、腕組みをして、不思議そうにきいた。

「で、寒いし、猫も人間も風邪ひく前にとっとと海馬亭にいきたいと思うんだけど――きみ、なんでそこから、立ち上がらないの？」

「えっと、それが、ぼく病人で、情けない話なんですが、実はうまく歩けないんです」

「それを早くいいなさいよ」

リリーさんは、ぼくに一足で近づくと、大きな腕で、優雅にぼくと子猫を抱き上げた。らくらくと抱き上げる、そのようすは、まるで、スーパーヒーローのようだった。

「もって生まれた力はこんなときに、使わなきゃね？」

ウインクをする。どきっとするくらいに、魅力的だった。一瞬、このひとがほんとうは男のひとだってことを忘れるくらいに。

「もうお酒も冷めたし、ここはバスで帰ろうかしらね？　まったく、酔っぱらいってのはだめねえ。病気の子に寄っかかって歩いちゃってたわけだ。反省反省」

リリーさんは、毛皮の胸元に、ぼくと子猫を抱きしめて、そういい、軽々とした足取りで、ぼくたちをバス通りへと運んでいく。

「でもさ、少年も……」

「はい？」

「具合悪いなら、もっと早めにちゃんといわないとね？」

「え、はい。ごめんなさい」

——あれ？　なぜぼくがあやまらなきゃいけないんだろう？

暗い森と廃墟を遠ざかりながら、ぼくは、あの夏服の女の子のことを思っていた。幻なんかじゃない、と思った。だってぼくはあの子と話し、あの子の名前をきいたんだもの。

——でも、だとしたら、あの子はなんなんだろう？

浮かんだ答えに、ぼくは首を横に振る。

そんなことがあるわけがない。きっとあの子はこの近所に住んでいる子かなにかで、それで、あのとき、家に帰ったんだ。寒くて家に駆け戻ったんだよ。そうに違いない。

だって、この世に幽霊なんているわけがないんだ。


風早の街の、駅前の大通りあたりにたどりついたとき、赤い乗用車が一台、ふわっとこちらに、歩道側へと近づいてきて、軽くクラクションを鳴らした。赤いミニクーパー。

運転席にいるのは、千鶴先生だった。すぐわかった。中古で買ったばかりなのよ、って、こないだ話してくれていたから。

街の夜景の灯りをうけて、つやつやした赤い車は、きらきらと光っていた。

「おそくなっちゃってごめんなさい。おひさしぶりです。リリーさん」

「おひさ。千鶴ちゃん。あらまあ、車なんて運転できる年になったんだ」

「おかげさまで。リリーさんはあいかわらずおきれいですね。って、ひさしぶりにあった気が全然しませんね。いつもテレビでみてるからかな」

リリーさんはにっこりと笑った。

「家族ってそんなもんじゃないの？　あたしたちはあの頃家族だった。少なくともあたしはそう思ってた」

千鶴先生の目がうるんだ。ちょっとうなずいて、そしてぼくをみて、

「……って、景くん。きみ、その顔のすり傷、どうしたの？」

「えっと、それは、その……」

そのとき、ぼくの腕の中で子猫が鳴いた。

「うわあ、かわいい。豆大福みたいな柄」

千鶴先生は、目を輝かせて笑った。

後ろの席で、にゃあ、という声がきこえた。ケージの中に入れられて、診察室にいつもいる、先生の「使い魔」のあの老いたとら猫がいるらしい。

そうしてぼくたちは、海馬亭に帰ったのだった。

ついてすぐ、扉を開けた千鶴先生が、

「あ、地下に灯りがついてる。メイドさんがきてくれていたのかな？」

地下への階段をおりるとレストランらしい空間があった。先生が、奥の厨房《ちゅうぼう》の様子を見にいった。ぼくとリリーさんもあとを追う。

二つ並んだ炊飯器の中に、美味しそうなカレーと、炊きたてのご飯がたっぷりあった。

「鍵を渡していたのよ。好きな時間にきて作っといてくださいってね。よかったあ。おばちゃんのバターチキンカレー、大好きなのよね」

その味を知っているのか、リリーさんも、うんうんとうなずいた。

広いレストランの、灯りを落としたお洒落な空間で、ぼくは考えた。——あの謎のお姉さんは、おばちゃんって感じの年じゃなかった。じゃあ、あのひとは、メイドさんじゃないんだろうか？　あれはいったい、誰なんだろう？

千鶴先生が、自分のバッグから猫缶をとりだした。棚からお皿をとる。

「景くん、その子おなかすいてるみたいだから」

「ありがとうございます。あの、ぼくあげていいですか？」

「どうぞ」

ぼくは汚れた手を洗い、猫缶の中身をお皿にあけた。スプーンでおいしそうにもりつけて、子猫の前にだした。猫はとびつくようにしてお皿に顔をつっこんだ。ごろごろのどを鳴らしながらおいしそうに食べている。よかった。

「――あの」

ぼくは、千鶴先生に、長い赤い髪の謎のお姉さんのことをきこうとした。でも、そのとき、リリーさんが、ほら、といって、肩で、ぐいと、子猫の方をさした。

「美味しそうに食べてるわねえ。元気そうで良かった」

ぼくはうなずいて、また子猫の方を見た。よっぽど美味しいのか、それともおなかがすいているのか、片方の目を閉じて、必死な顔をして食べている。

良かった、と、ぼくは思った。千鶴先生に、ねえ、といおうとしたとき、ふと気づいた。

千鶴先生は、なんだか厳しいような顔をして、ご飯を食べる子猫をみていたんだ。

でも、ぼくの視線に気づくと、振り返って、にやりと笑っていった。

「おいしいカレーをいただく前に、景くんの、その、手と顔のすり傷を洗いましょうか？ちょっとだけしみるけど、後に残らないようにしてあげますからね」

「は、はい……」

笑顔が怖かった。そしてそのあとの、お風呂場での千鶴先生の傷の洗い方の容赦《ようしゃ》なさといったらなかった……。パンツ一枚になったぼくを、先生はシャワーで追い詰め、徹底的に顔と手足の傷口を洗ってくれたのだ。

湿潤療法といって、傷口の汚れを水で流し去り、あとは薬を使わずに、傷口にばんそうこうみたいなもので封をして、自分の力で治す方法だそうだ。消毒とかしない、ここ数年はやってる治療法なんだって。

傷口を洗い終わり、ばんそうこうも貼られて、ぼくは涙目になって、カレーを食べた。熱いチキンカレーはおいしかったけれど、ぼくのＨＰ《ヒットポイント》は回復しなかった。食後、ぼくはよろよろと自分の部屋のベッドに横になった。ベッドには先にあの白黒ぶちの子猫が寝ていて、ぼくが上に寝そべると、嬉しそうにやってきて、肩の辺りにうずくまり、ごろごろいいながら、ぼくのほっぺたをもみはじめた。ふっくらしている感じが、お母さんのおっぱいに似ていたのかもしれないけれど、子猫の爪《つめ》はとがっているし、たまに傷口にあたって痛いしで、ぼくはかわいいかわいい、と、子猫を笑いながら、いててと涙を流した。

すり傷の治療がこんなに痛いものなら、ぼくはもう一生涯、ころんだりなんてしないぞ、と、心に決めた。そして、千鶴先生のことは天使か魔法使いみたいだと思っていたけれど、正体は鬼だったんだ、と思い、ぶつぶつと、口の中で文句をつぶやいた。

と、先生が笑いながら、ドアをノックして、部屋に入ってきた。――ふと思った。そのノックと入ってくるタイミングが、誰かに似ていた。そう、さっきの謎の旅のお姉さんだ。仲がいい同士の、開けてもいいに決まってるよね、って感じの、形だけのノック。

先生は、ぼくのベッドに腰をかけた。

「さっき、洗ってるときにみたんだけど、その足はちゃんと動くのね。いままでにいろんな病院でうけた検査の結果のとおり。どこもおかしくなんかないみたい」

ぼくは枕の上で顔を上げた。

先生は、さっきぼくをいじめながら――もとい、ていねいに傷口を洗ってくれながら、そんなことを観察していたのか。

「景くんの足は、異常がないのよ。どこも悪くない。なのに、歩けないの。――それはつまり、どういうことだと思う？」

「……未知の病気だとか、難病、かも……」

それか、ぼくの足が、ただ単にだめな足だから、動かないのかもしれない。

「その可能性があるから、景くんのお父さんは、徹底的にいろんな検査をきみに受けさせせたの。そのすべてにおいて、きみは異常がないとわかったから、だからたぶん、きみのその足は、ちゃんと健康なの。いつでも歩けるはずの足なの。

でも、歩けない、ということは……」

先生の目が、うつむいて床をみつめる。

「景くん、きみの心が、歩きたくないといってるの。きみは歩けないいんじゃない。自分の足で、歩き出したくないだけなのよ」

「そんな……そんなこと、あるわけが……」

家族に心配させて。あんなに心配させて、ぼくは、一刻も早く歩きたいのに。元通りに動けるようになって、学校にいって、受験勉強もして、がんばらなきゃいけないのに。

「ぼくは、歩きたいです、先生」

「自分のために？」

言葉に詰まった。

先生の目が、優しくぼくをみた。

「昔――昔ね。先生が見習いの魔法使いだった頃、あなたみたいな女の子の患者さんとであったことがあったんだ。その子は、この風早の街の子で、真面目で優しくて、いっしょうけんめいで、みんなのためにがんばる子だった。いつも笑顔だった。

でもね、ある日、動けなくなってしまったの。座り込んだまま、歩けなくなった。

それでその子は、先生がいた、大きな病院にきたの。先生はその子がかわいくてね。なんとか治してあげたかった」

「その子は――その子は、どうして歩けなかったんですか？」

「動く、とか、歩く、ということには、心のエネルギーが必要なの。優しいその子は、両親やきょうだいや、学校のみんなのために、ってがんばりすぎて、エネルギーを使い果たしてしまった。自分のからだを動かすための心の力、自分が幸せになるためのエネルギーを、みんなに分け与えて、自分は動けなくなったのよ。そして、歩けなくなった」

ぼくは、きゅっと痛む手のひらを握りしめた。その子のことがわかる気がしたから。

「その子は――どうなったんですか？」

先生は何も答えなかった。

ただ、顔を上げていった。

「先生、もう失敗はしないから。きっと景くんを歩けるようにしてあげる。だから」

死なないで、と、くちびるが動いた。

そんな気がした。

「ほんとうはね」と、先生は髪をかき上げながら、泣き笑いのような笑顔でいった。

「ほんとうは、先生が使う、心の医療の魔法の世界では、患者さんとこんなふうに、病院の外であったりしちゃいけないってことになってるんだ。そういうルールみたいなものがあるの。先生はそれをよくわかっている。わかっているけれど、今回だけは、ルールを破ることにしたの。——ううん。もし、きみひとりを救えるのなら、わたしはもう、それでいいのかも。お医者さんを続けなくてもいいのかもしれない。

目の前にいる、苦しんでいる子どもを、この手で救えないなんてこと、わたしは二度と嫌だから。だから、この手が届くところにいる限り、きみを救ってみせる。

今度こそ……」

うめくような声でいった。


そして、先生はベッドの上にいた子猫をひざの上に抱き上げ、ためらうようにしながら、でも、冷静な声で、教えてくれた。

「景くん、この子猫はね、風邪を引いてるの。だから——いまは元気だけれど、急に具合が悪くなって、死んじゃうこともあるかもしれない。その覚悟はしておいてね」

ぼくは、え、っと、聞き返した。

「だって、さっきあんなに元気に、ご飯食べてたじゃないですか？　元気で、よく鳴くし、よく遊んでくれるし」

「子猫はね、すぐに具合が悪くなるの。風邪だからたいしたことないって思ってると、命取りになる。先生は獣医さんじゃないけど、ずっと猫を飼っていて、勉強していたからわかるの。さっきふいてあげたけど、この子、たくさん目やにが出てるでしょう？　片方の目が閉じかけているけれど、たぶん、こびりついた目やにと、それをとろうと自分の爪でひっかいたせいで、眼球が傷ついているの。……ひょっとしたら、この目はもうだめになっているかもしれない。そしたら摘出手術をしなくては……」

「……目が片方になるってことなんですか？」

自分の声が、遠くで聞こえた。

ぼくは子猫を返してもらい、自分の胸元に抱きしめた。子猫はすぐに目を閉じ、のどをごろごろ鳴らして、眠ってしまった。

ぼくは、ぎゅっと子猫を抱きしめた。

「この子は、生きてるのに。ぼく、この子を、がんばって、助けたのに――」

子猫が、目をつぶったまま、くしゃみをした。そして、細い体を揺らして、こんこんと咳《せき》を始めた。苦しそうだった。

「だいじょうぶ？　だいじょうぶかい、豆太《まめた》」

そう、ついさっき、リリーさんと、豆太と名前をつけたばかりだったのに。

先生は優しい目で、じっと豆太をみていた。そして、そっといった。

「人間の薬で、薄めると、子猫に使えるものもあるの。それでその子の治療をはじめているから――だから、治るかもしれないから……」

先生は、おやすみなさい、といって、そっと部屋を出て行った。

治るかもしれない、と、先生はいった。

いつもぼくにいうみたいに、治します、と断言はしなかった。

ぼくは、豆太をみつめた。あたたかいからだの豆太は、眠っていたのが起きると、ぼくの方を見て、ピンク色の口を開けて鳴いた。かわいい高い声で。にゃーん、と。

アリガトウときこえた。そういった、と思った。


ぼくはその夜、豆太を抱きしめて眠った。

どこにもいかないように、ぎゅっと抱えて眠った。

猫は死ぬときに、いなくなって死ぬって——どこかに身を隠して死ぬんだっていうから、豆太がどこかにいかないように、ぼくは、子猫を抱きしめて眠った。

おばあちゃんちの鞠子も、いなくなったんだ。いつも団地に放し飼いにされていても、必ず、おばあちゃんの部屋に帰ってきていたのに、ある日、帰ってこなかった。

それきり、姿を消してしまった。

あれはおばあちゃんが風邪をこじらせて、少し遠くの病院に入院して、数日たった日のことだった。ぼくは、おばあちゃんに、鞠子の世話を頼まれていたから、あの頃は、日に二回、学校にいく前と、帰ってからと、おばあちゃんの家に通っていた。

おばあちゃんは風邪をこじらせただけ、という話だった。風邪なんだもん、すぐに帰ってくると、おばあちゃんもぼくも思っていた。でも、おばあちゃんはなかなか帰ってこなかった。一週間がたち、十日が過ぎ。最初のうちは、すぐに帰ってくるから、お見舞いなんていかなくてもいいや、と勝手に思っていたぼくは、今度は不安でお見舞いにいけなくなった。――おばあちゃんが、死んでしまったら、どうしよう？　病院にいったら、元気がなくなって、死にそうな顔をしたおばあちゃんがそこにいたら、どうしよう？

ううん。病院に着いたら、おばあちゃんが、死んでいたとしたら……。

ぼくは、怖かった。おばあちゃんが死ぬかもしれないということが。

だからぼくは、お見舞いにいかないまま、いけないままに、鞠子といっしょに、おばあちゃんが帰ってくるのを待っていた。

そんなある日、鞠子がいなくなったのだった。部屋から姿を消し、帰ってこなかった。

ぼくは鞠子をさがした。鞠子はもうずいぶん年寄りの猫だったし、前におばあちゃんからきいた言葉が思いだされたからだ。

『猫は死ぬときは姿を隠すのよ。どこか人間のいないところにいって、そうして、ひとりきり、死ぬことになっているんですって』

鞠子はどこにもいなかった。さがし回っても、どこにもいなかった。年寄りで、もう二十歳にもなるという猫で、近所以外は、どこにもいかないような猫だったのに。

そして、そんなある日。ボランティアの大学生のお姉さんが――たまに、団地のお年寄りの話し相手をしてくれている、優しいお姉さんが、ぼくを呼び止めて、教えてくれたのだった。おばあちゃんが亡くなった、ということを。風邪をこじらせて、肺炎になって、とうとう亡くなってしまったのだと。病院で。ひとりきりのベッドで。

ぼくは――ぼくはせめて、お見舞いにいけない代わりに、鞠子を大切に守っていたかった。退院したおばあちゃんを、鞠子といっしょに、お帰りなさいって、迎えたかった。

そしてまた、いままで通りに、おばあちゃんと鞠子とさんにんで、こたつに入って、光あふれる庭をみて、あたたかい部屋で、ゆっくり時間を過ごしたかった。ラジオの音楽を聴いて、風早の街のおとぎ話を聞いて。

おばあちゃんは、鞠子がねこまたになるといいのに、といつもいっていた。二十歳を超えた猫は、日本のあちこちにある猫山と呼ばれる山で修行をすると、位が上がって、ねこまた、という妖怪になるんだそうだ。姿を消した猫がいたら、それは猫山で修行をしているのかもしれない。いつかきっと帰ってくるんだって、と、おばあちゃんはいっていた。

『鞠子も二十歳だから、もう猫山にいけるね』

鞠子はきいているのかいないのか、大きなしっぽを、ぱたん、と、ゆらして、にやりと笑うような顔をしたんだ。

笑ったような気がしたんだ。

そして、早朝、ぼくは、夢をみた。

夢をみたんだと思う。

窓辺に、音もなく、ナニモノカがきて、外から窓をかたかたと開けた。鍵がかかっている窓を、外からだ。

大きな毛が生えた腕で、爪のはえた指で、ぎゅうっと重い窓を開けた、そのナニモノカは、するりと窓の隙間を抜けて、床に降り立った。大きな二つの目がきらりと光った。

ぼくは眠っていたのに、なぜかそれがわかった。

と、抱きしめられていた子猫の豆太が、するっとぼくの腕を抜け、床に飛び降りると、大きなナニモノカの貌《かお》を見上げた。

『おはようございます。ねこまたさま。位の高い妖怪のあなたさまが、このようなひとの住む町中に、なんのご用でありますか？』

ねこまた、と呼ばれたそれは、牛ほども大きい、二本足で立つ魔物だった。長い毛並みは、火花を散らすような輝きを放ち、爪は長く、鉄を切り裂くみたいに鋭かった。

そして、金色の大きな目は、太陽を集めたみたいに、ぎらぎらと輝いていた。

大きな長いしっぽは、二つに分かれていて、ばたんばたん、と床を叩いた。

『小さな子猫よ。わたしはその子どもに用がある。さあ、そこをどいておくれでないか』

『いいえ、どきませぬ』

豆太は床の上で、背中の毛を逆立てる。片方だけの目をきらめかせる。

『ねこまたさまは、ひとを喰《く》らうと、うみの母からききました。あなたは、この方を喰らうつもりでいらしたのですか？』

魔物は何も答えなかった。

豆太は、床に前足をつき、小さな口の牙《きば》をむいて、巨大な魔物を見上げる。

『この方は、わたしを昨夜、救ってくださいました。母やきょうだいからひきはなされて、寒い暗い場所で、ひとり死のうとしていたわたしをみつけ、助けを呼ぶ声を聞きつけ、あたたかなこの建物へと連れ帰ってくれたのです。

あたたかいごはんをごちそうしてくれ、澄んだ水を飲ませてもくれました。

あたたかい寝床へ入れてくれ、豆太と名前をつけてくれ、病んだわたしが死なないように、抱きしめて眠ってくれました。——わたしは……』

子猫は、けほけほと咳き込みながら、でも、口元で笑うと、魔物を見上げた。

『わたしは、ただの、街で生まれた幼い猫ですが、自分の寿命は幼いなりに、わかっております。まもなく、まもなく、わたしは病《やまい》で死ぬでしょう。眠るこの方になんのご恩返しもできないこと、猫の身では礼もろくに伝えられないこと、それだけを口惜しく思っておりましたが、でも、でも、こうして、このお優しい方をねらってきたねこまたさまに、一度だけでもひっかくなり、ひとかみだけでも、かむなりすれば、それで千分の一くらいは、受けた恩の、ご恩返しになるかと、わたし、いま喜んでおりまする』

小さな猫は、片方だけの目で、でも、りんとして、巨大な魔物を見上げた。

床の上から、一歩も動かないようなようすで。

そのとき、魔物がふっと笑った。

『安心せよ。わたしは別に、その子を喰らいにきたわけではない。そもそも、このあたりには、山の神の守りがある。わたしごときが悪さをすることが、許されるはずもない。

わたしは、ただその子にあいにきたのだ。その少年が、懐かしくて、なあ……』

ねこまたは、輝く目をきゅっと細めた。

『懐かしい、のでありますか？』

『いまは遠い昔に思えるある時、わたしがまだおまえと同じ猫の身だった頃、わたしはその少年と友達であった。ひとの町のひとの家で、同じこたつに入り、のんびりと昼寝をしたりもした。その少年はのどをなでるのが上手であった。それから、猫缶をとてもきれいに、美味しそうに盛ってくれるのも、得意であった』

『あっ』と、子猫が両手を打ち合わせた。

『はい、この方は、とてもおいしそうに、ごはんをお皿に盛って、わたしに出してくださいました。おいしいよ、といってだしてくれました』

『そうかい。よかったのう』

ねこまたは、目を細めて、そういった。

『白黒ぶちの勇気ある子猫よ。この少年といっしょに眠れるおまえがうらやましい。わたしはもう二度と、この少年とあたたかい日の当たる部屋で、昼寝をすることはないだろう。そんな幸せは、ねこまたとしての命と魔力を得る代わりに、手放してしまった。わたしはもう、普通の猫として暮らすことはできない』

叶うものならば、と、ねこまたはつぶやく。

『もう一度、普通の三毛猫に戻りたいものを』

子猫はまた軽く咳き込む。そして、首をかしげて、ねこまたにきいた。強そうな、おそろしくも美しい姿の、巨大な化け猫に。

『あなたさまはどうして、ねこまたになろうと思われたのですか？　ねこまたになるための修行は、命がけで、とても大変なものだときいております』

『命がけでも、大変でも、わたしはねこまたになりたい理由があったのだ……。なんとあっても守りたいお方、命をお救いしたいお方がいたのでなあ……』

低い声で、ねこまたはいう。

『その方の病を癒し、命を救うために、わたしは、ひとり旅をして、風早の妙音岳の猫山で、苦しい苦しい修行に耐えた。ひとの時間で十日間、猫山の結界の中の時間では十年にも及ぶ、長い死ぬかと思うような苦行に耐えて、そして、見事ねこまたとなり、妖力を得て、雲に乗って、その方のところへと、空を駆け戻った。

その方が、病を治すためにすんでいた、遠い街の病院という建物を訪ねた。しかし』

ねこまたの目に、涙がにじんだ。

『ときすでにおそし。その方は亡くなっていた。若い頃からそばにはべり、いつも同じ部屋で楽しく暮らし、ともにあたたかい寝床で眠った、家族ともきょうだいとも親友とも神とも思っていた最愛の方は、もう地上にはいなかった。魂《たましい》は天上に召されてしまっていた。わたしは、この大きな醜いからだを得ただけで、すべてを失ってしまった……』

小さな子猫の目から、涙がこぼれた。

『おお、優しい子猫よ。わたしのために泣いてくれるのか』

子猫はなにもいわずに、うなずいた。

ねこまたは、そのそばにいき、おごそかな声でいった。

『いまの美しい涙のお礼に、おまえに祝福を与えよう。おまえの病がたちどころに癒えて、たちまち元気になるように。そして、わたしが長く生きたように、おまえも二十年を超えるほど、長く健康に生き、賢い猫として、この心優しい少年のそばにいるように』

おごそかな声とともに、部屋に光が走った。

光は子猫をつつみ込み、そして子猫は、ぷるぷると身を震わせると、目を見開いた。

『あ、目が開きます。ねこまたさま。かゆくて痛かった方の目が、ぱっちりと開きます』

『もうだいじょうぶ。おまえは死なない』

『はい。空の月までもとんでいけそうなほど、からだが軽い心地がします』

くすくすと、ねこまたは笑う。

『月になどいかずともいい。おまえはただ、この少年のそばにいなさい。この子はとても心が疲れていて、半分死んでいるくらいに、からだに力が足りていない。そしてどうも、わたしが思うに、この子はこれからこの街で、やっかいなものとであい、あやしげな事件に巻き込まれていきそうな予感がするのだ』

『えっ。この優しい方がでありますか？』

子猫のふたつの耳がぴんと立つ。

『だから、守ってあげなさい』

優しい声とまなざしで、巨大な魔物はいう。

小さな子猫を見おろして。

『わたしはもう、街では暮らせない。この子のそばで、守ってあげることはできない。だから子猫よ、おまえが、これからはこの子を守るのだ』

『はい』

子猫は答えた。両方の目を輝かせて。

ねこまたはうなずく。そして、ゆるりと大きな頭を巡らせ、眠るぼくの方を見る。

ゆらゆらとぼくの方に近づき、そうっと、大きな舌で、ぼくのおでこのあたりをなめた。

こたつで眠るぼくの額を、鞠子がなめてくれたように。子猫をなめるように、きょうだいをなめるように。友達をなめるように。優しい、けれどざらざらとした舌で、そうっと。

そしてねこまたは、窓の隙間に、大きな体をにょろりと滑り込ませ、外へと出ていった。

空は夜明けだった。虹色の空を、薄桃色の雲が、ゆらゆらと遠ざかっていく。

その上には、光のように輝く毛並みの、巨大な三毛猫が乗っていて、ほーい、ほーい、と高い声でうたっていた。泣くような笑うような不思議な声で、ほーい、ほーい、と、歌い続け、そして雲は遠ざかっていった。

子猫は、窓辺に駆け上がり、それをいつまでも、見送っていた。

化け猫の言葉はわからないけれど、ぼくには、その歌の意味はわかった。

小さな子猫にもわかったんだと思う。

その目が、すうっと涙を流したから。

サヨナラ、アリガトウ、シアワセニ、と、ねこまたは、空の上でうたっていたのだ。

アリガトウ、キミノコトガダイスキダッタヨ、シアワセニ、と。


ぼくは、目を覚ました。

窓から入る風が冷たい。

一瞬、自分がどこにいるかわからなくて、それからゆっくりと思いだした。

「そうか、ここは海馬亭。そして、ぼくは冬休みでここにきて、今日が十日間の休みの二日目だ。——そして……」

ぼくは、子猫をさがした。

腕の中に抱いていたはずの、豆大福みたいな模様の、白黒ぶちの子猫を。

「豆太、豆太、どこにいったの？」

どきっとした。鞠子みたいに、姿を消したんだろうか？

でもそのとき、「にゃーん」と、元気な声がして、子猫が雪玉がとぶようにとんできた。

窓辺にいたらしい。朝の光が眩しかったから、白黒の子猫は見えなかったんだ。

子猫のからだは冷えていた。

「こらこら、おまえは風邪を引いているんだから……」

そういいかけて、ぼくは、はっとした。

ひざの上に乗っている猫——豆太の薄青い色の目が、両方開いている。

きらきらと輝く瞳が、まっすぐに、ぼくの方を見上げている。

目やにもない。鼻水もない。

「おまえ……風邪が治ったの？」

子猫は、きゅっとのびをして、ぼくのあごのあたりに、自分の頭をこすりつけた。嬉しくてたまらなくて、なにかをいいたくて、たまらないようなようすで。

「そうか。助かったのか。豆太は、もう死なないのか……」

涙が流れた。

豆太をぎゅうっと抱きしめた。

豆太はぼくの顔を、ざりざりする舌で、思い切り、なめまくった。

その舌の感触で、ぼくは思いだした。

夢の中の――優しい舌でなめてくれた、三毛の化け猫のことを。

「不思議な、夢だったなあ……」

ためいきをつく。ふと気がつく。手のひらに、猫の毛がついていた。不思議に輝くその毛は、三毛猫の毛色だった。鞠子の毛の色に似ていた。

「鞠子――」

ぼくは、窓の外の空をみた。

ベッドの中から、そっとみあげた。

開いたままの窓からは、朝の透き通る風が吹き込んできた。寒いけれど、澄んだ、海の匂いがする風は、とても心地よかった。

吹きすぎる風の音と、朝の小鳥が鳴く声といっしょに、どこか遠くで、ほーい、ほーい、と、誰かがうたう声が、きこえたような気がした。

（前編終わり）

あとがき

こんにちは。あるいはこんばんは。作者の村山早紀です。

初めましての方は、この本を手にとってくださってありがとうございます。二十年くらい物語を書いて生きている、とうのたった児童文学作家です。よろしくお願いします。

わたしの本が二度目三度目、いえもっとです、なんておっしゃってくださる方も、ありがとうございます。いつもどおりの風早の街の物語です。神様とお化けと魔法と、少しの切なさと、祝福と奇跡の物語です。

今回の本、タイトルを読んで、「懐かしい!」と思った方もいらっしゃると思います。この本は、その昔、わたしが新人作家だった頃、理論社から出版していただいた、『やまんば娘、街へゆく〜由布の海馬亭通信』を、このたび、ポプラ社から、文庫化していただいたものです。出版社をまたにかけて刊行されている風早の街の物語の、二冊目かな?にでた物語になります(ちなみに一冊目は、あかね書房の『百年めの秘密』です)。

最初、ポプラ社の担当Kさんから、文庫化の話があったとき、正直驚きました。

だって、とにかく昔に描いたお話ですから。このお話は、原稿だった頃にまでさかのぼると、デビュー以前に書いた作品ということになります。その後、それなりに年を重ねた作家としては、さすがにちょっと待て、といいたくもなるではないですか？

「でも先生、わたし、このお話、大好きなんです。だめでしょうか？」

と、いい募るK嬢。

「だって、この話、時代が昔だよ？　スーパーファミコンとか公衆電話とか現役の話」

「いまの時代のお話にして、小道具をいまのものに変えるとかはどうでしょうか？」

それはできないと思いました。わたしの中では（そしてたぶん、当時からの読者のみなさまの中でも）、由布や海馬亭のひとびとはあの時代の風早に生き、いまもたぶん年を重ねて生き続けているのです。いまの時代につれてくるわけにはいきません。どうしよう？

とりあえず読み直してみることにしました。大昔の作品を、いま、新刊として読者のみなさまの前に出すには、場合によっては、内容にかなり手を入れないと恥ずかしいことになってしまいます。――が、内容の方は問題ないというか（ちょっと自慢になりますけど）、昔のわたし、小説うまいなあと思いました。というか、この頃のわたしは、いまのわたしより難しい日本語を使っている。わたしは作家として退化したのかもしれない……。

そういえば、と思いだしたのですが、この作品を描いたとき、新人作家のわたしは、理論社担当Yさんに、七回書き直しを命じられたのでした。思えばあの頃は、文章の書き方も削り方も構成の仕方も、よくわかっていなかったような気がします。この七回の書き直しで、レベルアップしたのかもしれません。やっとちゃんとした作家になれたのかも。

いまはもう、わたしは原稿の直しはほとんどしません。直して下さいといわれないからです。直すとしたら、枚数が増えすぎたときに削るくらいでしょうか。第一稿でそのままゲラにできる作品を書ける作家であるということが、わたしのささやかな誇りです。

当時いわれた言葉は、いまもわたしの思想のバックボーンになっています。たとえば、

「うちの業界はベストセラーはいりません。ずっと売れ続けるロングセラーがほしいんです。なので、売れそうな作品でなく、良い作品を書いてください」

その後、児童書業界もずいぶん変わりました。でもYさんのこの言葉の価値は、変わらないと思っていますし、忘れないでいようと思います。

さて、もともとの原稿はそういうわけでそのまま使えそうだということになりました。が、それじゃ昔と同じ原稿をそのまま売ることになってしまう。ので、昔書いていた、海馬亭の幻の続編を発掘してきました。「これおまけに」と、ポプラのKさんに話したら、

「あらすてきなお話ですね。もったいないですから、これはこれで本にしましょう！」

ということで、その原稿は、この本のおまけから新生海馬亭通信の二巻として昇格することになりました。それはめでたいけど、おまけがない。なので新しく、いまの時代の少

年が、いまの海馬亭でつかの間暮らす物語を書き下ろすことにしました。新しく海馬亭の物語を手にとってくださったみなさまへの、そして昔からの読者のみなさまへのわたしの感謝の気持ちです。

海馬亭をいまの自分の手で再び書くのは、楽しかったです。……楽しすぎて、短編の予定が中編になり、ついには、前後編の長編になってしまったんですけどね。

そういうわけで、海馬亭通信、おまけの話の後編は、続いて刊行されます二巻で完結することになる……はずです。これ以上枚数が伸びないと信じたい。

二〇一一年十一月
もうすっかりクリスマスになっている、きれいな街をながめつつ

村山早紀

本書は、1994年4月に理論社より刊行された『やまんば娘、街へゆく～由布の海馬亭通信』を改題のうえ加筆・訂正し、書き下ろし中編「十七年後～眠れる街のオルゴール（前編）」を加えて文庫化したものです。

JASRAC 出1116340-101

海馬亭通信《かいばていつうしん》

村山早紀《むらやまさき》

2012年1月5日初版発行

発行者……………坂井宏先

発行所……………株式会社ポプラ社

〒160-8565 東京都新宿区大京町22-1

電話……………03-3357-2212(営業)

03-3357-2305(編集)

0120-666-553(お客様相談室)

ファックス……………03-3359-2359(ご注文)

振替……………00140-3-149271

フォーマットデザイン　荻窪裕司(bee's knees)

印刷・製本　凸版印刷株式会社

乱丁・落丁本は送料小社負担でお取り替えいたします。
ご面倒でも小社お客様相談室宛にご連絡ください。
受付時間は、月〜金曜日、9時〜17時です(ただし祝祭日は除く)。

ポプラ文庫ピュアフル

ホームページ　http://www.poplarbeech.com/pureful/

N.D.C.913/254p/15cm
ISBN978-4-591-12723-0

ポプラ文庫ピュアフル 3月の新刊

天野頌子
『よろず占い処　陰陽屋の恋のろい』

毒舌イケメン陰陽師と、天然系キツネ耳高校生男子がお迎えする、占いの店「陰陽屋」、今度の事件は……呪詛合戦!? 大好評シリーズ第3弾!

小瀬木麻美
『風の生まれる場所』

今度の主人公は無敵のイケメンプレーヤー。バドミントンに打ち込む男子高校生たちを描き、人気を博した青春小説『ラブオールプレー』続編。

小松エメル
『一鬼夜行　花守り鬼』

喜蔵の営む古道具屋を、あの旅の若者が訪ねてきた。花見に誘われた喜蔵、彦次、深雪たちを待ち受けていたのは――好評シリーズ最新刊!

村山早紀
『海馬亭通信2』

やまんばの娘・由布と海馬亭の住人たちとの心温まる交流譚。『コンビニたそがれ堂』の著者によるもうひとつの感動作、長い時を経て、ここに完結!